自然生態散文集

台灣欒樹和魔法提琴

一導讀一

惜福與敬畏

◎張子樟（兒童文學評論家）

初讀《台灣欒樹和魔法提琴》總覺得這是不是一本談論植物消長的報導專書？等全書讀完後，才恍然大悟，我們都上了李潼的當，原來他只是藉樹發聲，代樹暢言，每篇文字重心依然在於人與大自然的互動。

或許我們會擔心，李潼會不會寫成枯燥乏味的文字，其實這種憂慮是多餘的，全書十五篇作品均以樹為背景，樹的個別屬性形成特殊的空間，刻畫的卻是樹底下周遭人們的掙扎與努力。故事主角不分男女老少都與樹有關，不論悲喜，均能譜成感人的樂章，見證台灣五十多年來的成長痕跡。

我們細讀全書後，不免會自問：這幾篇作品是散文嗎？作品的分類常常困擾評論者；散文或許強調真實情感的表白及潛在理性的剖析，但如果加入虛構，散文本質是否會起變化？當然，虛構常含故事——以詩歌或小說呈現的故事，如此一來，散文就變成小說嗎？事實上，小說與散文有時不易區分，如再滲入詩的成分，就變成一種特殊文體，不是隨筆，也不是雜文。

這本書讓人有此疑惑，但讀者最關切的卻是作品內涵。既然有了「散文化的小說」，又何嘗不能有「小說化的散文」？我們暫且拋開這種煩惱，走入作者的想像世界，汲取更多的文學養分吧！

木心說：「散文是窗，小說是門。」從窗從門觀察外面世界，總是不同。然而《台灣欒樹和魔法提琴》篇篇以人為主，每篇都以一則感人動人的故事為主軸，悲歡離合適度傳達凡世的糾葛，或讓讀者雀躍；或讓讀者哀傷。

我們讀到了〈台灣欒樹和魔法提琴〉中的阿傑在機場上即興演奏，顛覆傳統的送行方式；他與洗衣店老闆的對話，讓他決意使正統音樂平民化。〈相思林和祕密花園〉少女秀秀與慶的偶遇譜成一首青春戀歌，藉相思樹林的背景與祕密花園的營造，少女情懷表露無遺。

〈南洋杉和土司的詩〉少年詩人對文學的永恆嚮往，與書店老闆的熱情贊助，他終於敢站在南洋杉下吟詩賣詩。〈山櫻花和墨香春聯〉中三兄弟在春節前揮毫成文，寫出幅幅創意十足的春聯，在山櫻花香與墨香裡，讀者聞出一股文化氣息。〈大王椰子和末日之橋〉以大王椰子、長橋和海天為祭台的海洋少年，對未來茫然，又有「末日」隱憂。生活在淳樸日子，嚮往繁華，但遷移是人生大事，豈可草率？不安定感成為代代海灣少年的難解命題。

　　世事無常的悲喜吟唱匯成本書的另一股主流。〈飛翔雀榕和牽手家人〉挺立在高牆監獄前的雀榕與正榕共生大樹，目睹凡人的悲歡離合。剛出獄的穎浩與接他出獄的家人在樹下的言談，同心合力的樹下大掃除，暗喻他將能去除心魔，遠離白粉，再創人生。〈青春楓香和老老少年〉在楓香樹下等待爸爸的兄弟倆，哥哥回憶媽媽生前種種，一向愛護弟弟的他，更覺得責任重大。追憶亡妻亡母，談談父子情、兄弟愛，一家三口用力又用心，想拭去失妻失母的永恆痛苦。這類情感的宣洩同樣發生在九二一地震後的集集兒女身上，〈不倒茄苳和集集兒女〉雖說地震考驗了台灣的生命力，但小男生與小女生之間的對白，卻闡釋了他們對生命不穩定的疑懼，這種感受絕非在〈木麻黃和優秀子弟〉中駕車撞樹，又懼又恨，屢生意外，想鋸樹報復的人能夠領會的。

歸罪於無言大樹之事同樣發生在〈鳳凰花開和外星來客〉中，鳳凰木收集風箏竟然妨礙了地球人與外星人的溝通。在悲喜交集的人生刻畫中，李潼總是能拿捏得恰到好處，即使空間轉移到異鄉的〈大葉山欖和蔥油餅香〉，也不忘「年少是一季忍不住的春」，在大葉山欖庇護下避難的青春少女，懂得苦中作樂，香味四溢的蔥油餅滿足了口欲之餘，猶記得在人生中小小過程裡，重溫盪秋千的滋味。

歷史的片段也是李潼企圖收入的記憶。〈落羽松林和古老宅院〉中的十二棵矗立在陳氏家族古宅院前的落羽松，觀照了人生的繁華虛無。白色恐怖的年代，〈木棉花開和青春輓歌〉青春的瞬間轉為輓歌，早已慘遭槍斃的芝，不死的靈魂年年三月重返舊地，追懷師友，激昂的愛國情操成為喪命的主因，芝無法瞑目的幽魂，卻因潘記者的一句話而隨風飄逝，歷史的荒謬添加無限傷感。

〈油桐落花和迴頭彎口〉在「耕者有其田」的年代，照顧母牛十三歲的「你」，卻因小牛犢的意外喪生而扭轉了一生，迴頭彎口的油桐樹讓「你」的生命轉了大彎，彎口的選擇改變了日後的一切，牧牛經驗便成為「你」一生中最美好的一段回憶。

人只是大自然的一份子，生活的需求完全仰賴大自然的賜與。然而，物欲過度膨脹時，人往往忘了惜福與節制，破壞生態平衡以滿足私欲，「濫伐」只不過是其中之一。伐木者也懂得「斧斤以時入山林，材木不可勝用也」這句話，但總不如「劈樹砍材是為養妻兒」來得現實些。大自然中的那股神奇的平衡力量卻不作此種想法，〈樹靈塔和崇敬疼惜〉中的林中怪異之事，必定難免，「樹靈塔」的建造，雖是種慰藉，但同時也是種警惕。

導讀

樹和它的故事

◎凌拂（自然寫作知名作家）

人的緣分真是令人驚訝，冥冥中吹盪的風，看不到的空氣裡旋轉的路往哪兒飄，但是這本書的文稿到了我的手上，才翻開第一頁作者序，讀著讀著，心底就飄出一聲啊，令我驚異。欒樹……茄苳……雀榕、楓香、木棉……這一切都是我喜愛的樹，心思抵定，早就擬定要寫的樹，放在方寸最底層的抽屜，還沒動就被李潼捷足先登了。我想做的，別人先做了。文稿在我手裡，心境起伏，風雲自遠處飄起，一時像窺密似的，我站在小軒窗外，把眼睛貼在密室邊沿的洞口向裡探，啊，李潼會怎樣寫我要寫的樹，他會不會把我要寫的樹寫完了？

我和樹有很多記憶。

每年四月我在山櫻花下和綠繡眼一起吃成熟的小櫻桃。甜汁微澀，但是住在山上的時候，那是我們一人一鳥在季節中共同的等待。

我忻慕天母人懂得每年在忠誠路上過他們的台灣欒樹節，把台灣欒樹融入生活，有那樣一整條風姿深斂、成熟綽約的街道，市井人家，他們懂得把握，隨著台灣欒樹起舞，因此也有了一個季節的慶典。

走過雀榕樹下，樹上一群五色鳥，聚精會神忘情啄食，完全顧不得我在樹下虎視眈眈掠奪的眼神。

木油桐像四月雪，向來不問情由，開與落皆滿天滿地花飛盡興。

相思耐燃；鳳凰似火；大王椰子像門神，土地與樹與人本來就是一個緊密相扣的環，人許多的情感依附著樹成為一種記憶。

我有許多樹的記憶，對愛樹的人來說，每一棵樹都有一個故事。李潼從植物去打造它的故事，心緒在摺疊和伸展中把故事寫入樹裡，有愛情、有回憶、有成長、有災難……

飼牛送牛犢，真是地主和佃農間感人的故事。

四棵大葉山欖順勢作了涼亭的柱子。

文具店前的南洋杉寫著記憶。

飄落的山櫻花下有墨點飛花的春聯三兄弟。

制點高風的是大王椰子。

流著楓膠的楓香寫的是親情。

落羽松寫一個曾經顯赫的老宅院。

緋紅的木棉，那樣豔色鮮紅，寫的是一個不開放的年代。

書中每一棵都是我喜歡的樹，每一個故事都襯托了人與樹的生命與精神。樹中有故事；故事中有樹，許多生命依循植物而生，樹落實在人們的心中與生活裡。

每一棵樹都不一樣，各有各的型。我發現樹的寫法有千百種，李潼創造了其中之一，另外還有百千種寫法等著愛樹人去完成。

每一棵樹的故事，李潼認真拈來，棵棵大樹都收在他的集子裡。《台灣欒樹和魔法提琴》是他的園圃，年年風吹草長，他栽的樹會繼續成長，找到一棵百年的老樹，我們會坐在樹下聽風中的傳說。

一自序一

讓我們看樹去

◎李潼

很長一段時日，每當我出門在外，不論路途遠近、地頭生熟，總會隨身攜帶照相機，拍攝的對象不論人物、風景、或動、植物，少有「主題設定」，大抵是一種朦朧的有感而拍，多數也沒「特殊效果」。硬要問「拍這麼多有什麼用」？勉強也只是記錄存真、輔助回憶、到此一遊的紀念。

多年後有一天，居然發現在這些舊照片中，它們早已自行歸納出幾個主題，浮凸了若干特色。樹，就是其中一種。

儘管我拍照的態度相當隨興，我在不同時間、地點，為這麼多樹留下影像，當時一閃而過的是什麼念頭？是什麼需要存真、回憶和紀念的感動？

身姿美麗的樹，在人們美感中有著可見的壯麗，特別是一棵稀有種或有較高經濟價值的樹，它們儘管只是以年輪記載歲月的活木頭，可是在人獨具的美感中，它是一棵值得愛顧與歌頌，乃至是一棵被仰望和膜拜的神木。

身為一名文學寫作人，我探觸的感知，最有把握的方式就是寫作；不管對自己的生命經驗或周遭的人、事、時、地、物，文字寫作是我的雷達探測器；也是我的接收記錄器。

我總要選擇幾棵記憶中的樹，以我最感自在的載具，再次去趨近它們，讓我和這些樹接回鏡頭觀景窗，以及第一眼觸見它們的那段過程。

我和樹之間是一種互為對話、相為觀照的關係。時而以樹看人、以人觀樹，時而遊走在「樹人」和「人樹」的特異角色。不論這對話是以委婉的象徵來陳述，或是觀照以物和人不分的趣味進行，但情懷始終是「我們要怎麼生存得快活」、「我們要怎麼生活在希望中」。

生存中有艱難，生活也常有失意，但作為一個人或一棵樹，都擁有快活和希望的權利，乃至享有健壯、美麗和共榮共存的機會。這應當是我為樹拍照的情境，有了這樣的心靈通路，不言不語的樹，也就有豐富的語彙和人對話；人在自認萬物主宰者和純粹美感中，也有了平衡、融合的廣大空間。

這麼看來，我拍攝留影的樹，也不僅只是「一張照片」。

本書的十五篇文章，其中以樹為情境提到的樹種有：相思樹、台灣欒樹、木油桐、鳳凰木、茄苳、木麻黃、南洋杉、大葉山欖、山櫻花、大王椰子、雀榕、楓香、落羽松、木棉，這些樹多半是台灣人所熟識、常見，卻沒有多看一眼的樹，它們是一群各具姿色又有強勁生命力的樹。

我希望青少年讀者能從中讀出一點趣味和意思，因為「人與樹的對話」總不嫌早，這對話一旦熟悉，人與自我的交談，也會格外清晰而流暢。

但願讀者因此觸發的靈感，能在成為一位宏觀的環保者的同時，也能讓自己成為多元的生活家。

目錄

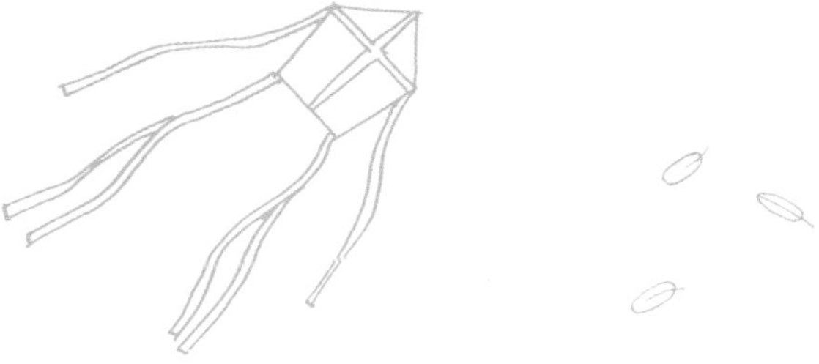

相思林和祕密花園

這是長滿相思樹的山坡，半坡上有一幢空廢洋樓。洋樓的屋角隱露在相思樹林頂，路過山腳的人不容易察見。也因這樣，這山坡和洋樓的傳說可多了。

山腳有一條花崗石鋪設的步道，在林間曲折盤繞，連通到洋樓。同是成塊花崗石疊砌的洋樓和圍牆間，留一座方正的花園；洋樓空廢緊閉，這花園倒又整理得特好。

不及一人高的花崗石圍牆，和早已毀朽的木門，隔擋不了誰，卻能把藏密的相思樹林阻隔在外，讓洋樓和花園自成一個天地。

這花園是秀秀自願來打理。半年來，秀秀每天放學便繞道過來理一理，周末在這裡停留的時間更久。

秀秀當然聽過那些傳說：

坡地的第一代主人，是個砍取相思樹枝煨燒木炭的商人，他經營得法，又買了兩座山頭，也添了兩個小妾和一群孩子。

同父異母的第二代兒女，分割三座山頭的各個坡地，有人改種柿子；有人培育香菇；有人飼養來亨雞……保存這片相思樹林山坡的新地主，連根剷除了部分相思樹，建造起這座花崗石洋樓。

老地主的產業傳到第三代，土地愈分割愈小。他們嫌山地偏遠，索性將坡地變賣給外人，另作投資，與祖產永遠分隔，只剩這片相思林山坡和空廢的洋樓。

秀秀的年紀太輕，沒見過這幢洋樓的新主人，只聽說他們舉家移民到國外；聽說這幢建材堅實、格局恢宏、造型典雅且精緻的洋樓，是一幢人人畏懼的凶宅。

就像多數的凶宅鬼屋，歸結到底都和一位深情女子有關，多數有個情到深處轉為薄，轉為恨，轉為對生命絕望的故事。這洋樓陰森的由來，也是如此。

那悲悽故事經口耳相傳，早已生成多種情節，情節的調性，甚至有了異樣的淒美。那悲劇發生的地點，傳說在樓上、在陽台、在這花園、在園外的一棵相思樹下，幾乎無所不在。

多變的傳說中，唯一不變的是：這相思林間的洋樓，曾住有一位單戀的多情女子。

與其說秀秀喜歡這座無人看管的花園，可以完全依照自己的意思打理，不如說是這幢空廢的花崗石洋樓，在緊閉中蘊藏的神祕想像讓她來得著迷。

花園的生機無限和洋樓的神祕無窮，卻都不如相思林的名字，讓她如此心動。啊！是誰？為這易種、易長、林相曲撓的林木，取了這麼美好的名字？相思，相思，相互思念，相見珍惜，不見更懷念。

那該是一位多情、黠慧又有文采的人，才能為這不起眼的樹，取這凡常又雋永的名字。也讓所有願意跟隨叫它名號的人，在平淡生活中，有了綿綿的情懷，喚起了甜蜜的牽掛。

相思樹名號的由來，肯定有個曲折故事。叫喚它「相思仔」或「台灣相思」的人，若叫喚得心口相應，在他們心中，肯定也有個曲折情思。

秀秀在「慶園」打理園圃時，揣想過這些，但她卻不想深究典故。彷彿這樣，便有了更廣大的想像空間，可讓它遠久情思的深淺和現今愛意的濃淡相照映，這椿萌芽的初戀，不論是單戀或相思，都能有適切的託寄。

秀秀為這座花園取名「慶園」。

這是個甜蜜而惱人的祕密。那個叫慶的男孩，不知在這相思林間有一座以他為名的園邸，旁人更不知，這樣的祝福和想念，多像無私的奉獻，是甜蜜的；但這美好無人知曉，該不該讓當事人的慶知曉？秀秀百般想過，始終拿不定主意。這樣的寄望和用心，又多像無聊的遊戲，是惱人的。

這也算個祕密花園吧！

秀秀第一次來「慶園」，是今年四月。

她一眼就看上園裡的四棵龍柏，和滿地蔓生的蟛蜞菊。多時不曾修剪的四棵龍柏，針葉濃密了些，樹幹下枯乾的枝椏沒折斷，有些雜亂，其中兩棵還傾斜了。它們乏人照料，可它們自生旺茂，自長健壯，自有挺拔俊俏，只要稍加整理，都會是讓人讚美的一棵好樹。

蔓生的蟛蜞菊，開放小黃花幾百朵，每一朵都嬌嫩可愛。可它們太蓬勃，太沒節制，若將它們再修剪得收斂些，讓「慶園」騰出一方空地，它們的樣態將更好。再種植幾叢杜鵑、玫瑰或百里香，這園圃的景致，高矮疏密就有了變化，就更宜人了；特別是和園外的相思林相襯托、互對望，肯定能談出動人的喃喃話語。

秀秀喜歡相思林在午后散發的氣味。不同溫度的陽光，烘晒出不同的芳香，是乾淨的、精神的，當然也是香甜的，就像今年的童子軍大露營，在屏東三地門營地聞到的氣味。

那天，橙紅的夕陽懸在山谷間，山風暖暖。

秀秀走在相思林夾道的小徑，看見慶迎面走來。慶的脖頸掛一條白毛巾，手抓幾件擰過的溼衣和一包盥洗用具；頭髮還沒擦乾呢，就這麼邊走邊抖弄頭髮，讓山風吹。

秀秀聞到的也是這樣乾淨的、精神的，也是香甜的氣味，她以為這就是相思林在陽光下的氣味；也分不清這是聞到的，還是想起的。

慶低頭大步走，彷如要去趕赴一次集會。秀秀抱著盥洗包和黃毛巾包裹的貼身衣物，讓在小徑旁。慶猛抬頭，一側臉，突然「啊」叫起來！

慶似乎給嚇一跳。

秀秀給嚇得更凶，嚇鬆了手，嚇掉了洗髮精、梳子、牙刷、牙膏和香皂，那包貼身衣褲就這麼撒在相思林夾道的小徑，還讓山風飄起來，飄出「一隻粉紅蝴蝶和白色潛水鏡。」

「對不起，不是故意的，」慶趕忙蹲下，伸手來撿拾。他那幾件擰過的內衣褲和襪子也撒開來，那塊龍柏綠的香皂還一路滾動，滾下坡去。這就算了，他滿地亂抓亂撿，撿回秀秀的內衣，卻打翻了自己的洗髮精，將它們澆溼，「啊，對不起，怎麼會這樣？」

怎麼會這樣？

有比這更令人羞怯、爆笑又難忘的初見？

原來，人對於顏色、聲音和氣味的感覺，穿過記憶的長廊，居然和眼、耳、鼻之外的情懷、思維更對應。當初的顏色、遠久的聲音和過往的氣味，竟能依附在任何近似的情境，伴隨一個電光似的念頭，原味重現，甚至更深刻。

「慶園」裡新栽的杜鵑和百里香，長得出奇的好，它們的顏色和氣味，都有了別樣意思。秀秀不捨得將四棵龍柏的落葉掃除，將它們收集了，給陽光曝晒得焦黃，又散發沁人芳香，留給自己聞，聞回一段往事。

那天的營火晚會由慶主持。

秀秀才知慶來自埔里山城一所國中，他就是前三天的升旗手和早操領隊之一。來自四面八方的千名童子軍大會師，能上台擔任八位早操領隊之一，不容易。他一身白長衣、白長褲的體操動作，就和伴奏音樂最合拍，怎麼看都順眼。

所有童子軍伙伴的相聚，不容易；能結識幾位新伙伴，更不容易。秀秀想自己頂多是個勤勞但平凡的宜蘭女孩，能單獨認識慶這麼出色的外鄉男孩，若非特別的緣分，又是什麼？

只是那樣滿地抓內衣褲和盥洗用具的初見，又怎麼說？

慶是個特別的男孩。

他堅持不在電子信箱通訊，也不在長途電話交談。秀秀為了和慶寫信，才發覺自己的一筆字，讓人看得心慌。看來看去，看來非得從毛筆練起，把每個字好好站起來，順帶也把飛舞的硬筆字也收斂一下不可。

慶來信的字，字字挺拔又清楚，運筆不做作，彷彿天生自然就這麼好看；而且從信的開始到最末一字，都不走樣。

導師說過：「能把生活週記的字體，從頭到尾寫得一樣的同學，都是比較有定性的人；當然，我說的不是從第一個字潦草到底的那種！」

這麼說來，慶是個有定性的人了。鄉下人的慶，怎能寫這一手俊美挺拔的字？或埔里山城的男孩，都像他有這麼好的修養？

啊！真喜歡讀慶的來信：他提到主持營火晚會的極度緊張（怎一點都看不出來）；臨別交換禮物，他換到只剩一身衣褲，卻帶回三個背袋新禮物，尷尬（一個廣受歡迎的人，眼中留有誰）；數學七十七分是他永遠跨不過的高欄（這分數還不算高標準嗎）；他為家裡新焙的春茶，忙碌了兩天兩夜，想到家人採茶的辛苦，忽然就不累了（肯勞動的農家子弟，就像肯吃苦的任何人，都是有長進的）；宜蘭蜜餞是他吃過最好吃的零食，難怪蜜餞之鄉有許多甜美的人（這話說得真甜，但能否再說清楚是誰）；南方澳大橋和內埤海灣的黃昏真美，有活力的漁港和有活力的海洋，也會薰陶出有活力的人（那天要不感冒就好了，朋友難得來，真漏氣）；他么叔搬家，從箱底找出一捲《童年》錄音帶，有位歌星叫張艾嘉，長得真像你（我是我，何必誰像誰，難道這也是一種想念）；他喜歡去外婆家，別的三合院都種青竹或龍眼樹，那裡卻是一片相思林（台灣的相思林都長的一個樣吧）。

慶的來信，讓秀秀讀得歡喜。但歡喜和愛慕是什麼差別？愛慕和戀愛有多少距離？它們總如相思與單戀那樣的不確定、那樣不同吧。

何況相隔兩地的人，僅僅一次機緣巧遇的人，這思念，在夢想和現實又各有多少含量？

偏又有人說，兩地不是距離，巧緣無需安排，時間不如時機。人世的任何美好感情，都在於相思，即便只是單方的愛戀；只要有多量的給予和祝福，只要不妄求回報和永久，也是美好的。

秀秀獨自在「慶園」整理花木，因單獨而自在，因花木和山風喃喃的話語，也讓自己滿懷甜蜜和偶然出現的惱人揣想，有了沉靜的對話。

相思，多美的名，若它可遇不可求，唯有祝福。

經營「慶園」可有幾種方法？

被相思林環繞的空廢洋樓，因秀秀打理出一座祕密花園，隱約又是美好的園邸。

那些關於擁有、分讓、繼承和移轉的傳說，人們只看到具體產業的興頹或變動，可惜人們看不到，人心在這之上的占據、割裂、強求或放棄的更迭。

就像關於那位多情女子悲淒的故事，人們口耳相傳的，只盤繞在生命終結的無奈和恐懼，將一座美好的園邸傳成了凶宅，卻傳不出她對情感的堅貞或曖昧，傳不出人們對愛情禁地的嚮往與失落。

對於慶，秀秀仍不知這是一段相思路，或是一截單戀道。但因這座花木蓬發的「慶園」，心中有了一處明媚的祕密花園，這裡的所有顏色、聲音和氣味，都有了別樣風光。

那位傳說中的多情女子，曾存在也罷、虛構也罷，秀秀覺得自己已踏進了愛的園圃。在屬於自己的十五歲花季，因有驚怖的傳說在前，更懂得自在面對；更懂得從容迴身。這也不壞，所以她不怕。

秀秀甚至這麼想：也許有一天，又逢美妙的機緣，就讓慶也來這裡走走，讓他修復洋樓、圍牆、毀朽的木門。這新造的木門，當然要就地取材，最好就用相思樹的枝椏，做兩扇只及半人高開關自如的門。讓門裡門外的人，都可探望；雖有裡外之分，卻是進出都自由。

愛情的禁地太驚悚，彷如處處有陷阱，寸寸有地雷，讓它在人們心中，圍起銅牆、鐵壁，和進得去，出不來或出得來，進不去的門。

不過只是心中一座祕密花園吧。

花園的裡外和進出，所有承諾和信守都不能管理，唯有相思可經營。

秀秀想：就算單戀，也是經營「慶園」的一種方法？思想、思念讓自己存在，也讓對方存在，雖不把握它存在多久，但把握當下即永恆。那些惱人的揣測，唯獨蹉跎了時光，讓人老。

「慶園」新栽和舊有的花木，有它們的四季，園外的相思林更在歲月中有嫩綠和蒼黃，即便有一天，它們被煨燒成相思炭，仍火熱炙人、溫煦宜人。

台灣欒樹和魔法提琴

阿傑十四歲那年，抱著一把大提琴，直飛維也納。

在機場出境關口長長的甬道，他想起曾看過電視廣告的一幅畫面：那是一個隻身踏出國門的小男孩，一位往前再走一步，就成為小留學生的男孩，手提簡單行囊，踽踽走在清透的落地玻璃窗間。他直視前方，不回頭的招手。

前來送行的阿公、阿嬤、爸、媽和可能是他叔叔、姑姑或舅舅們，貼著送客大廳的落地玻璃窗，似乎叫喚他的小名，或交代穿暖、吃飽、好好照顧自己什麼的。

一首大提琴和鋼琴的協奏曲，悠悠流淌出來。

小男孩的手臂在臉頰抹了一下。這離別的背影，漸去漸遠，終於消失在長長甬道的轉角。一則廣告文字印在他背後，琴聲在這時咿哦大作，畫面定格。

這回，阿傑也走在這個似曾相識的甬道，他隨身攜帶的琴盒，大得需要他兩手環抱。從兩旁的落地窗側影，他看自己，像抱一棵樹行走的傻小子，多看一眼，就要傻笑了。

右窗外，振翅沖天或緩緩降落的飛機，不時起起落落。右窗的側影，是左窗外擠在送行人中的阿公、阿嬤、爸、媽、阿姨和小舅。他真想學電視廣告裡的那個小男孩，直視前方，不回頭的招手。

可惜，琴盒太笨重，他騰不出一隻手；而且他也真想回頭跟大家說再見，並送給大家一個「請放心」的微笑。

這一回，整座出境大廳怎沒播送什麼音樂？難道那支廣告的鋼琴和大提琴協奏曲，是廣告公司加配上去的？

在國際機場出境大廳往來的人，不管依依難捨或快樂出走，都該有一曲音樂送行。這情景只靜默相望，哪合適？

於是，十四歲的阿傑放下琴盒，取出大提琴。

他靠坐在甬道落地玻璃窗的檯座，就這麼調弦、試音，這當然得面向前來送行的阿公、阿嬤、爸、媽、阿姨和小舅。

送行的人傻眼了。那些提背行李的旅人也慢下來，他們走過阿傑的琴盒，又回過頭來，索性站住。

真想即興演奏一曲，回報給所有送行的人，向他們作個最深情的告別：只有期望沒有不捨；只有懷念沒有擔憂；只有祝福沒有牽掛，就像送別一棵移植的樹。

曾三度獲台灣青少年大提琴演奏首獎的阿傑，扶正琴身，叉開雙腿，他想起洗衣店店門外那棵會開花的樹，一棵能遮陽也可欣賞的樹；一棵能倚靠也可攀爬的樹。

阿傑的即興創作曲，就叫——《台灣欒樹之歌》。

大提琴獨奏雄渾且悠揚，曲譜自心田流淌，韻味當然不同凡響，任何一雙最平常的耳朵，也能聽出它的美妙。

隔著幾道落地玻璃窗，前來為阿傑送行的人，看得「怎麼會這樣」，聽得「怎麼這樣好聽」，他們迷糊地看、沉醉地聽，終於也聽出了「快趕不上飛機」的時間危機。

「好了啦，阿傑！該走了啦！」

一曲即興創作的《台灣欒樹之歌》，居然被人聽出催促送行的音符，這未免也太爆笑了。在這國際機場送客大廳，發生過這種事嗎？

阿傑再一想，他收拾琴盒，不禁也笑了起來。

這樣也好，雖然都是小留學生，何必每個人都像電視廣告那位「直視前方，不回頭的招手」的男孩？

那多沒創意！

阿傑十三歲那年，拎了一件黑色燕尾服，到巷口洗衣店。

那是一位大提琴手交代的。他剛從維也納學成歸國，特地作全島巡迴演奏，提早到小鎮落腳，擔任客座教席。隔天夜晚，他就要在演藝廳登台表演，為表示隆重，得把燕尾服送去乾洗、燙挺。這項任務交給阿傑來辦，有見識的人都知道，這是特別的光榮任務。

這是巷口洗衣店第一次洗到燕尾服。老闆翻來覆去的看了個仔細，很開心的樣子，居然將黑色燕尾服掛在店門外的台灣欒樹上欣賞。

這洗衣店老闆真寶氣，他回店裡翻找出三條手絹，塞進燕尾服的前胸口袋和兩側斜袋，站了個前弓後箭的三七步。他「啊」一聲，外加拍掌，抽出前胸口袋那條手絹，人叫：「變！」

阿傑看著，任他耍寶，看他變什麼花樣。

洗衣店老闆空伸出一隻手，說：「鴿了！」阿傑大笑。

「用一點想像力嘛，魔術師就是幻象專家，手法很巧妙的怪人。這件燕尾服是誰的？你大伯、大舅的？」

「我的大提琴老師，他上台表演穿的。」阿傑說。

「拉大提琴也穿魔術師的衣服？」

「什麼魔術師，扯太遠了。麻煩你乾洗、燙平，明天下午四點我過來拿。」

阿傑有點惱火，江湖賣藝的魔術師哪能和大提琴手相比？這根本差太多。

這洗衣店老闆實在夠皮，也夠寶氣，又從斜袋抽出一條手絹，叫一聲：「變！」

他說：「變個阿拉丁神燈送給你。算我沒知識，可我在想，你們拉大提琴的，做音樂這一行的，其實和魔術師滿相像的，都是無中生有，拚創意的，也是高高站在台上，讓人欣賞。不像我們洗衣服的，整天只幫人把骯髒的洗成乾淨，刻板得不得了。」

老闆又抽出另一條手絹，叫一聲「變！」說：「變個欒樹葉編紮的『桂冠』送給你。我知道你也在拉大提琴，在你家門外聽過；不過，我這輩子還沒正式聽過一場大提琴演奏會，我覺得你們音樂家好像都高高在上，只想要聽眾的掌聲，又不肯和聽眾接近，只是拉你們的，玩你們的。」

「不是每個音樂家都這樣，你沒聽過演奏會你怎麼知道？」

「我這種洗衣店老闆沒知識，但有常識，偶爾也會看看電視。電視上的音樂演奏家都是這樣。」

「不一定啦，換了我就不會那樣？」

「你也開過演奏會？」

「還沒，有一天會有。我一定會讓聽眾覺得很開心、很感動，還有就像你說的，很有創意。」

「好極了。到時你送大禮服來洗，我給你五折優待。」

「好哇，到時我送你一張貴賓券，你記得也要穿禮服來。」

「穿禮服？去聽你的演奏會？那不是太彆扭了！」

「不會，比較正經，但會聽得很開心。」

「好，我派最漂亮的三女兒上台給你獻花。」

阿傑在十七小時的飛機航程上，總想起洗衣店老闆那第三條手絹變出來的欒樹葉編紮的「桂冠」，想到它嫩細枝條上的青葉做成頭環，頭環上點綴著欒樹果實，彷彿頭頂便有了光環，用一點想像便能看見的光環。

魔術師和大提琴手居然也可相關？多虧這洗衣店老闆想得出來！

創造美和感動的音樂家，都是高高在上，遠離人群又渴望掌聲的嗎？洗衣店老闆的觀感，可不僅是他的「個人意見」吧？

穿燕尾服演奏的音樂家，只為穿禮服的觀眾演奏？大提琴手能不能也為活潑如獮猴的孩子、為愛看傳統歌仔戲的老人、為天天和柴、米、油、鹽結伴的便當店老闆、或準時收看電視連續劇的家庭主婦，在他們最感自在的場地，以最愉快的氣氛，為他們演奏陌生卻能引起共鳴的樂曲？

音樂家以最精湛的技能，演奏別人的樂曲或自己的創作曲，他和聽眾的溝通，主要在音樂本身。除此之外，一位最具才華的音樂家，一位有創意的大提琴手，能不能創造表情語言、肢體語言、情境語言和真正對談互動的語言？

即便是從來不接觸古典音樂的人，哪怕像洗衣店老闆這樣不曾觀賞音樂演奏會的人，藉由這些「語言」的對談，也能享受到另一種全新的美和感動呢？

原本漫長枯燥的航程，阿傑因想到欒樹葉編紮的「桂冠」；想到《獅子大遊行》和動物園；想到野台、餐廳和它們相關的樂曲；想到一群陌生的觀眾和熱切的臉龐；想到魔術師的燕尾服和大提琴手的黑禮服；想到老家巷口那棵年年長高又會開花結果的台灣欒樹；想到台灣人對新奇創意接受的大度，這趟旅程竟變得快速而有趣。

暈黯且走動空間有限的機艙，小留學生隻身遠行常有的恍惑、擔憂和想念，卻被這些想像給點亮且開闊起來。

在曼谷、杜拜和巴黎轉機時，抱著大提琴盒在機場跟著人群盤轉的孤單、猶豫、和疲累，因一直聞到台灣欒樹果實的清香，竟也變得熱鬧、歡喜和精神。

既然決定出國學藝，別怕走遠路。他默誦著即興創作的《台灣欒樹之歌》，也想到阿公、阿嬤、爸、媽、小姨和小舅，還有他的三位大提琴老師、同學、鄰居、琴友們。這些人、那些事和成長過的地方，也會一一想起；但奇怪得很，《台灣欒樹之歌》的旋律中，那棵形象分明的欒樹就聳立在眼前，枝葉迎風搖曳，搖出一種瀟灑與眾不同的姿態。

好想在空曠的曼谷機場候機室；在狹窄的杜拜機場轉機室，將大提琴拿出來，阿傑真就打開琴盒，為自己，也為各種膚色的旅人演奏起來。

他演奏的仍是那首即興創作曲。

十年後，阿傑抱著一把盧傑利大提琴回國。

這一回，在維也納國際機場的送客大廳，他的大提琴老師和同學們結伴來送行。他們將依依不捨的話語，用另一種方式來說。

金髮碧眼的男同學說：「阿傑一手拉琴；一手寫文章，他的嘴巴一直說著音樂、生活或笑話，又不肯放棄美食。阿傑請注意身材，別讓燕尾服的鈕釦彈出來，傷到觀眾，那就太殘酷了。」

長髮披肩的韓國籍女同學說：「阿傑永遠是手在動、口在忙，更接近一點是：我發現他還有一顆好腦袋和美麗的心。台灣的青年都像你這樣嗎？」

他的最後一任老師和音樂學院同事說：「只讓阿傑當一位大提琴手，實在有點可惜了，應該推薦他去當外交官才對。這麼優秀的人才，必要時，當作人質也不錯呢！想當年，中國的王昭君不也是帶著琵琶去和番嗎？」

愛笑的阿傑一直笑個不停，笑得大家把準備好離別的話都笑忘了。他只好說：「就這樣吧，我什麼笑話都會說，就是不會說再見的話。我為大家演奏一曲即興創作吧，曲名就叫《愛笑的莫札特》，好吧？」

阿傑在「莫札特巧克力專賣店」要來一把椅子，打開盧傑利大提琴，他叉開雙腿，笑著，這麼演奏起來。

高手獻藝，自是不同凡響。阿傑的琴聲裡有甜甜的巧克力香、有華麗的宮廷韻律、有維也納森林的氣息、有台灣海峽的潮聲、有魔術師幻化的手法，竟然也有老家巷口那洗衣店飄出來的乾爽氣味。

為阿傑前來送行的師友們，顯然聽不出這樣的韻味。他們只聽到了自己的心事，聽到了時而悠揚、時而輕佻、時而澎湃又時而低迴的旋律，以及對「創意小子阿傑」的不捨之情，所以他們又哭又笑。

一曲《愛笑的莫札特》，居然會變成這情境，可見演奏者和觀賞者之間，存在著多麼豐富的想像空間。

技藝純熟的大提琴手，在琴譜與演奏之間；在古典名曲與現代觀眾之間；在演奏別人的作品與自行創作之間，存在著魔法般的創造可能。

阿傑回到台灣後，把音樂會帶到了木柵動物園，他為七萬名遊園的人，在獅子面前演奏《獅子進行曲》；他演奏《天鵝》，當然就在成群天鵝悠悠划行的湖前。

他以大提琴演奏《杜蘭朵公主》歌劇，背後襯景的，竟是如幻似真的皮影戲。

阿傑以各式服裝，在各種場合，讓不曾接觸大提琴演奏會的鄉親，都來聽一聽。

店門口種著台灣欒樹的洗衣店老闆，來過了嗎？

阿傑的黑色燕尾服，向來是交給洗衣店老闆親手整燙。洗衣店老闆果真為阿傑的洗衣費打了五折特惠價，但洗衣店老闆總推說生意忙，挪不出時間去聽阿傑的大提琴演奏會。

他說：「我算什麼貴賓哪，鴨子聽雷聽不懂。要不小心打瞌睡，又打呼嚕，那不完了？你的貴賓券送給真正的貴賓吧。」又說：「放心好了，你的魔術師禮服，照樣送來給我洗，不用貴賓卡，永久貴賓價。」

這不行！

阿傑想好了，等待台灣欒樹開花的季節，就在巷口轉角，開一場演奏會。邀請社區的所有鄰居都來觀賞，讓洗衣店老闆不出門也能參加生平第一次的大提琴演奏會；而且他也想好了壓軸的曲子——對，就是那首。

油桐落花和迴頭彎口

關刀山上一片木油桐林。

讓你生命轉彎的這棵木油桐，長在「刀背」險峻峻的懸崖頂，一條山徑迴頭彎的邊緣。

這迴頭彎真夠險奇，山徑盤轉到這裡，一個陡坡高峭，隔著一座石壁，突然轉出一條曲折的斜降坡。路的這頭，看不見路的那頭，山風在這裡也來不及轉彎，就這麼掀拂而上，夾帶落花和枯草去到天空的高處，才慌慌張張的降下，匆匆忙忙落去懸崖底的溪流；或落去斜坡底的青青草原。

這棵木油桐立處的位置，真教人納悶：當年，它是一棵種籽時，儘管隨山風偶然飄來；或被一隻多事的飛鳥攜來，它怎就這麼認分的附著崖頂鬆軟的土石？它怎有本事在迴頭彎的邊緣發芽又生根，長成一棵會開花也會落葉的路標？長成讓往來山徑的牧童不敢攀爬又真心敬畏的大樹，是一棵讓你在夢裡和夢外都常想起的樹，想起：

木油桐裸露在懸崖外壁的根鬚，以及你的老家。

木油桐褐色而堅韌的樹皮，以及那頭牛犢。

木油桐一簇簇芳香的白花，以及中學生的白制服。

木油桐樹梢的山風和白雲，以及命運的轉向。

還有崖底深邃的溪流，以及難以探測的悲或欣。

它們常來你的夢裡徘徊，常在你夢外的凝神間，重現眼前。它們在夢裡和夢外一樣清晰，彷彿這樣的情景不在四十年前，而是四十秒前，所有景象依然鮮明，音聲的迴響仍裊繞不絕。

那年你十三歲，每天放學後，到前村的范家牽那頭母牛去吃草。

整整一年半時間，你在每天傍晚，和一群牧童結伴走在關刀山的小徑，走著險崚崚的懸崖頂，繞過迴頭彎，去到斜坡底的青青草原。

那條小徑的寬度，正好讓一頭水牛通過，稍胖壯的水牛，肚皮還常摩搓山壁。你和牧童行經這裡，不敢再坐牛背，只能一人牽一頭牛，排成一隊，噤聲慢行，直到斜坡底那片青青草原，才敢再說笑打鬧。

牽牛吃草不是苦工，但還是每天不可省的差事，風雨無阻；否則水牛就要餓肚皮，第二天沒氣力上工。

一頭水牛的耕作氣力，抵過三個農夫，牠扛載石頭或稻穀的耐力，五個壯漢也比不過；而且牠不吃點心、不發牢騷，特別是不賭氣罷工。

農家若能飼養一頭水牛，多抵事？

你家幾代佃農，直到「耕者有其田」政策施行，才擁有一塊自耕自牧的田地；不過，你家還是少了一頭牛。

老地主的范家，田多、財大、房舍多、牛隻成群，唯獨人丁稀少。「耕者有其田」施行後，范家少了田地，轉投資工業，也多了一群閒來無事的牛隻。

各家佃農買不起水牛，甚至租牛耕作都合計不來。牛隻的主人不願失了田地又奉送水牛；但這群牛和牛犁、打穀機、牛車不同，牠們是每天要吃下百斤青草、要喝水、要運動、拉撒又有感覺的靈性大動物，總得有人牽牠們去吃草，平安的帶牠們回牛圈。

這怎麼才好？

人丁單薄的老地主范家，什麼都不缺，缺的就是人手；你家的財帛短缺、糧米窘困，唯一不缺的就是人口眾多。

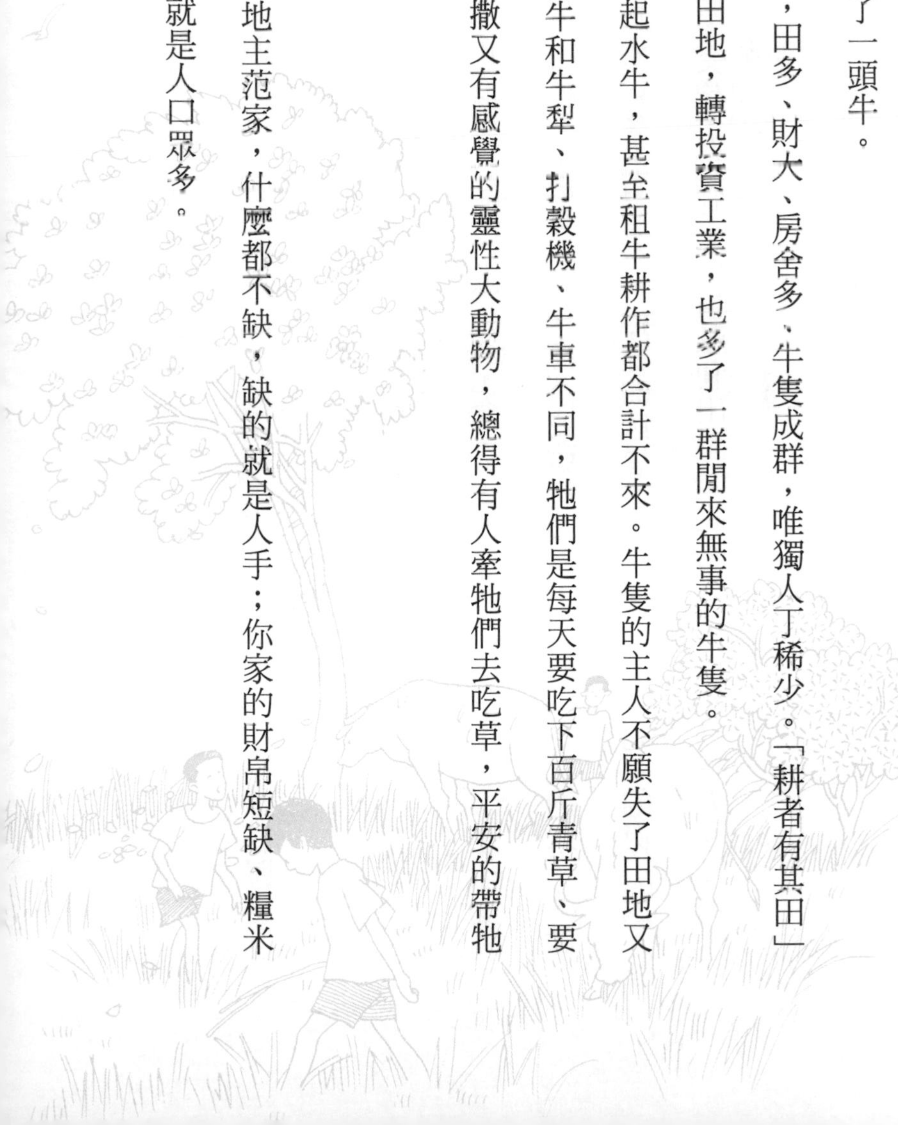

所有。

范家長老想出一個兩全其美的辦法：

你家負責飼養一頭母牛，若一年半內，母牛產子，送還母牛，小牛犢就歸你家所有。

范家長老看在你父祖輩勤勞儉樸、忠誠盡責的做人做事態度，這「飼牛送牛犢」的做法，也當是地主和佃農「好聚好散」的紀念，是扶持佃農自力更生的一次補助。

認分的佃農家族，從來不敢有「為什麼不乾脆把飼養不了的母牛送過來」的念頭，他們讚揚范家長老仁慈又有智慧。這樣的感恩之情，從你牽牛吃草的第一天，說到那頭健壯的母牛受孕；說到小牛犢順利出生；說到小牛犢意外喪失及往後的四十年。

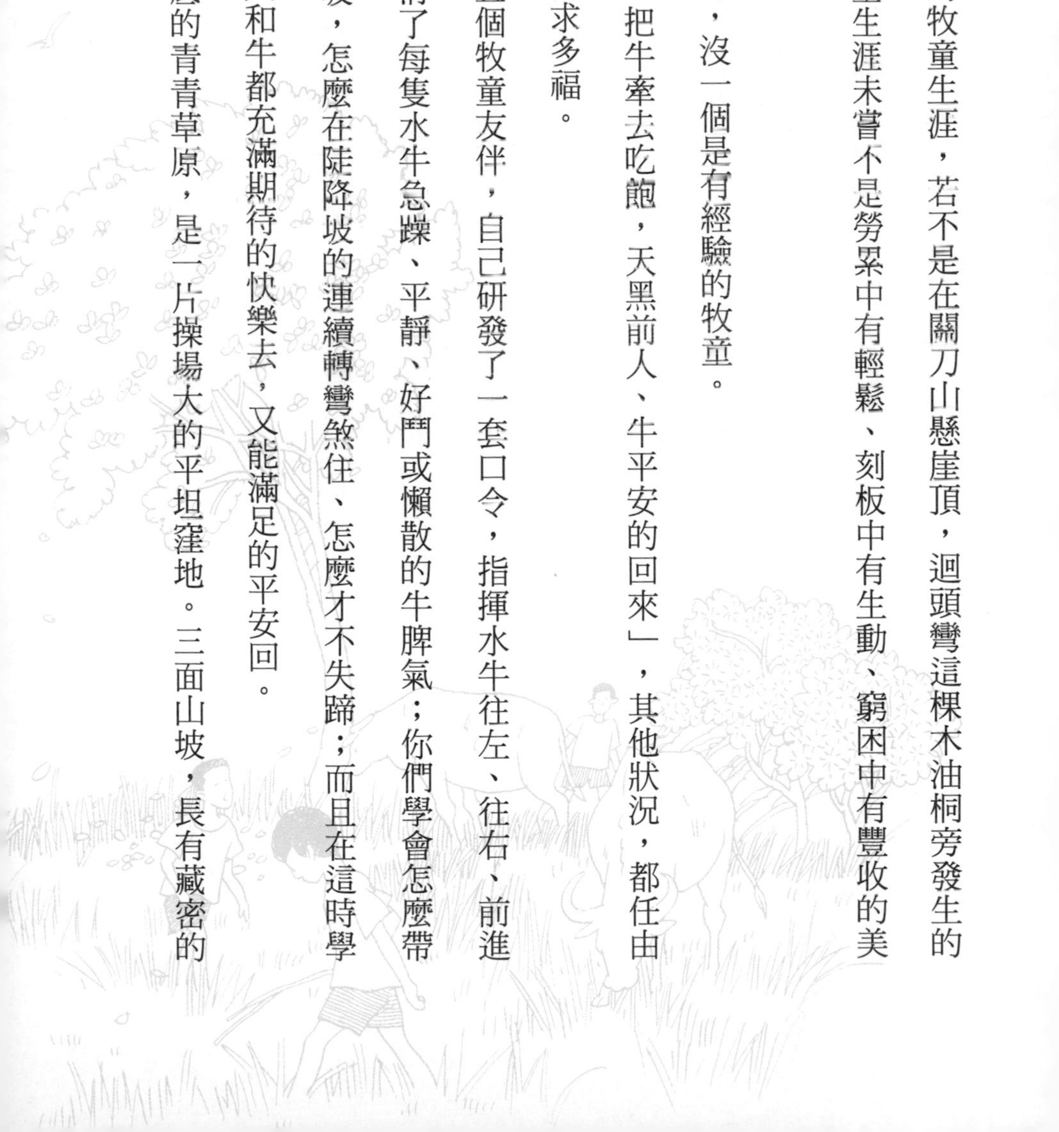

你這一年半的牧童生涯，若不是在關刀山懸崖頂，迴頭彎這棵木油桐旁發生的驚痛事件，這牧童生涯未嘗不是勞累中有輕鬆、刻板中有生動、窮困中有豐收的美好時光。

你的少年友伴，沒一個是有經驗的牧童。

大人只要求「把牛牽去吃飽，天黑前人、牛平安的回來」，其他狀況，都任由你們隨機應變，自求多福。

你和這三、五個牧童友伴，自己研發了一套口令，指揮水牛往左、往右、前進和停止，你們摸清了每隻水牛急躁、平靜、好鬥或懶散的牛脾氣；你們學會怎麼帶領水牛攀爬上陡坡，怎麼在陡降坡的連續轉彎煞住、怎麼才不失蹄；而且在這時學會保護自己，讓人和牛都充滿期待的快樂去，又能滿足的平安回。

迴頭彎斜坡底的青青草原，是一片操場大的平坦窪地。三面山坡，長有藏密的相思樹林，草原對面是清澈溪流。水牛們來到這裡，不敢穿進樹林，也不敢涉水渡溪，牠們在溪邊舔水格外小心，牠們知道這溪水不是普通的深邃。

巧不巧，你和那幾位牧童友伴，都是各家一群兄弟姊妹中的長子。

排行在前的長子和長女未必特別懂事，你們卻真懂得家庭經濟的窘困；排行老大的少年未必想得長遠，你們對於未來前途卻想得比弟妹們多。長子和長女做人未必周到；做事未必牢靠，這一回，勞苦的父母交付你牽牛來吃草，讓母牛和公牛交配受孕成功的任務，卻是看上你自小的周到與牢靠。

少年的你，已學會觀察母牛發情的跡象，你也學會挑選那隻最健壯又聰明的公牛，帶引牠來作未來小牛犢的爸爸。

你看那隻公牛舉起前蹄騎在母牛背上，母牛穩穩叉開後腿站立。那隻公牛鼻孔噴氣，擺動屁股，興奮而奮力的和母牛交配。

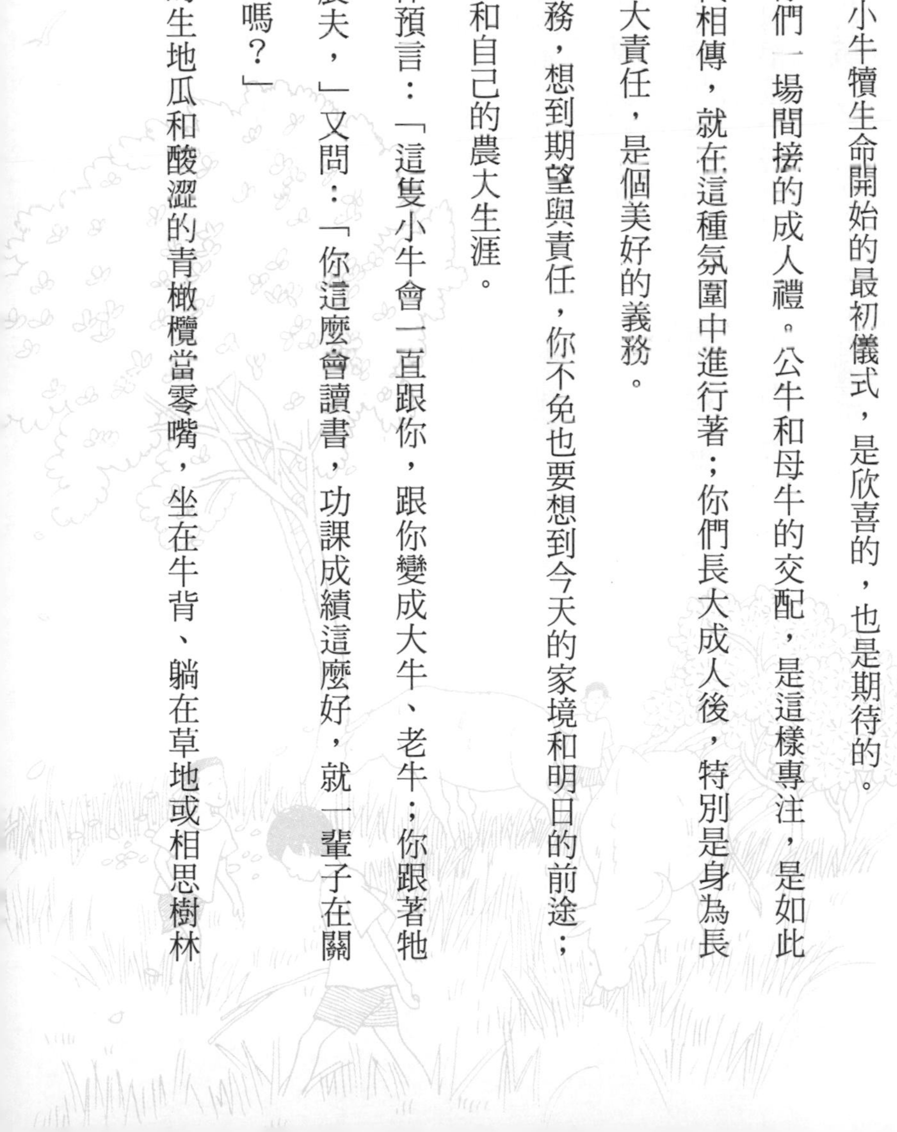

你和友伴們將其他水牛繫綁在相思樹林。你們退到山坡上觀看，彷如觀看一場神聖的典禮，參加小牛犢生命開始的最初儀式，是欣喜的，也是期待的。

這彷彿也是你們一場間接的成人禮。公牛和母牛的交配，是這樣專注，是如此愉悅，生命的代代相傳，就在這種氛圍中進行著；你們長大成人後，特別是身為長子，這也是一項重大責任，是個美好的義務。

想到美好和義務，想到期望與責任，你不免也要想到今天的家境和明日的前途；想到未來的小牛犢和自己的農大生涯。

你的牧童友伴預言：「這隻小牛會一直跟你，跟你變成大牛、老牛；你跟著牠變成小農夫和老農夫，」又問：「你這麼會讀書，功課成績這麼好，就一輩子在關刀山下養牛、耕田嗎？」

你們以清甜的生地瓜和酸澀的青橄欖當零嘴，坐在牛背、躺在草地或相思樹林中自由的談。嬉笑打鬧和嚴肅話題交叉進行，你們對於今天之後的生涯，也有了恍惑的揣測和清晰的願景，那是少年的夢與現實編織成的青衫，這叫不叫作成長？

就在懸崖頂迴頭彎這棵木油桐開花的季節，你察覺母牛受孕成功了。母牛日漸脹大的肚皮，在經過木油桐和山壁時，日漸擁擠。牠老將木油桐擠得搖晃，晃下它的花絮，或摩搓得山壁青苔沾滿肚皮。

你們說：「小小的也是木油桐。」意思是：懸崖頂的木油桐雖營養不良，雖常遭迴頭彎的山風吹得根基不穩；但它還是努力成長、努力開花、努力長出綠葉，並在冬季時節，褪下黃葉，努力迎接來春，再發新芽。

你們說：「小小的也是木油桐。」一說再說，也意味山鄉農家子弟在經濟困窘、家財無靠中的努力成長吧。

你將范家長老好意讓你飼養的母牛，飼養得肥壯，讓「一年半內歸還母牛」有了很好的交代。這隻母牛順利產下一頭健壯的牛犢，讓你父母欣喜，連那群似懂非懂的弟妹也跟著笑開了眼。

范家長老「好人作到底」，直到小牛犢吸足了奶水，能跑能跳了，才教你們送還母牛。

那是你第一次帶小牛犢走關刀山，你帶牠去那片青青草原享用青翠嫩綠的水草，你想讓牠走走「生命最初的地方」，咀嚼牠爸媽吃過的水草，好讓牠也能長得和牠爸媽一樣健壯、一樣勤勞。

你甚至覺得自己是小牛犢的乾爹，一個看牠從無到有，從有到日漸長大的正牌乾爹，這樣深沉的感情，用在將來的合力耕作，不知會創造多豐美的收成。這些收

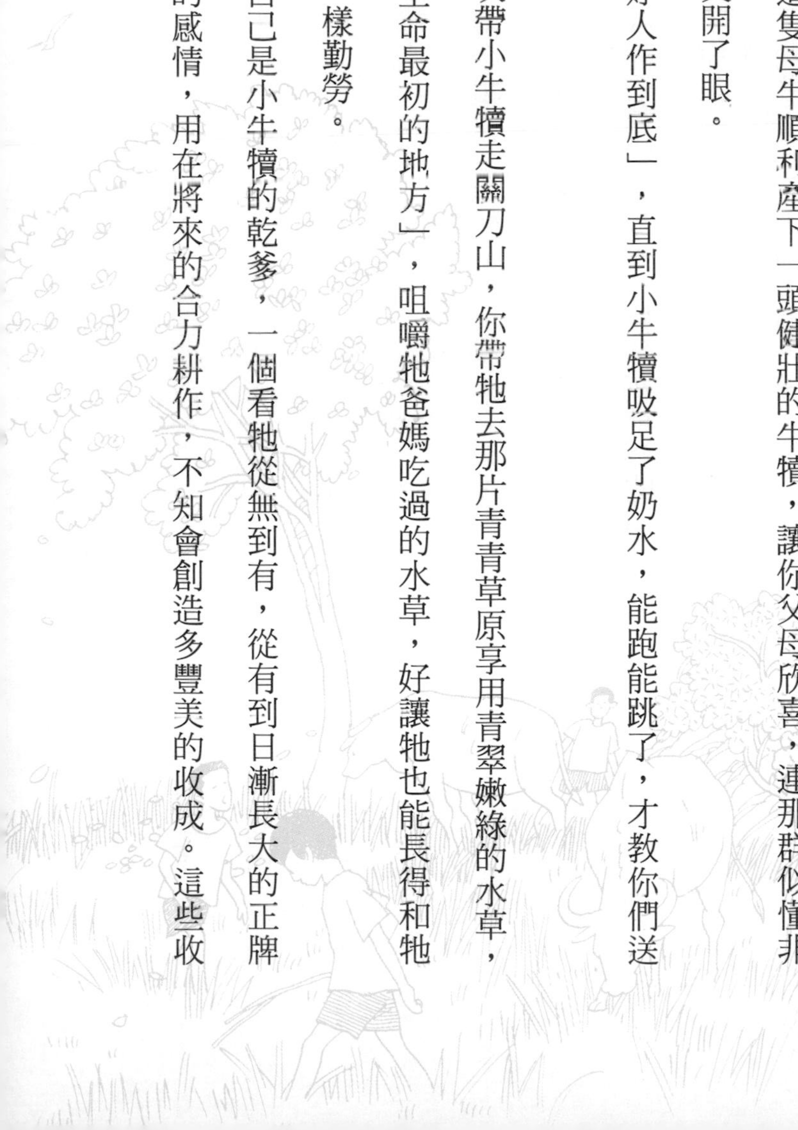

成改善了家庭經濟，撫養弟妹長大，讓他們成家立業，你的父母就有福可享了。

可你沒想到小牛犢的活力這樣充沛，牠的膽氣這樣莽撞，牠竟在曲折山徑奔跑起來。那條新配的麻索繫在牠的鼻環，原本是你牽著牠，竟變成牠拖著你跑，一直衝向懸崖頂的迴頭彎！

你使力拉著，拚命叫喊：「停！停！停！」小牛犢反像受到鼓舞，奔騰跳躍，就在坡頂給這棵木油桐絆了一跤。小牛犢轉頭撞向山壁，後腳卻滑下去，牠兩隻前蹄拚力耙土，發出哞哞的驚叫。被木油桐落花鋪滿的山徑，還有你少年的生嫩氣力，都留不住小牛犢——你救不了牠。

你放開了麻索，叫著：「停！停！停！」

眼看牠墜落崖底的深潭，消失在讓牠的牛爸、牛媽看了也懼怕的溪流。啊，那樣無助的眼神。

你記得自己曾經哭叫，哀求牧童友伴來救牠。你睜著淚眼奔下迴頭彎的陡降坡，在青青草原的溪畔，叫喚這隻被全家冀望的小牛犢。你只能啊啊的叫，因牠是一隻來不及取名便消失的牛犢，牠居然連個名字也沒有。

意外，常跟隨在平順的願望之後，猛然轉折，所以教人措手不及；當意外在歡欣中突然出現，更讓人驚駭而不知何去何從，你嘗到了澈底無助的滋味。

在坡底你仰望這棵木油桐，看風將它的落花夾帶去山谷盤旋。你只能那樣遠望，只有看著谷頂的白雲，一片茫白。

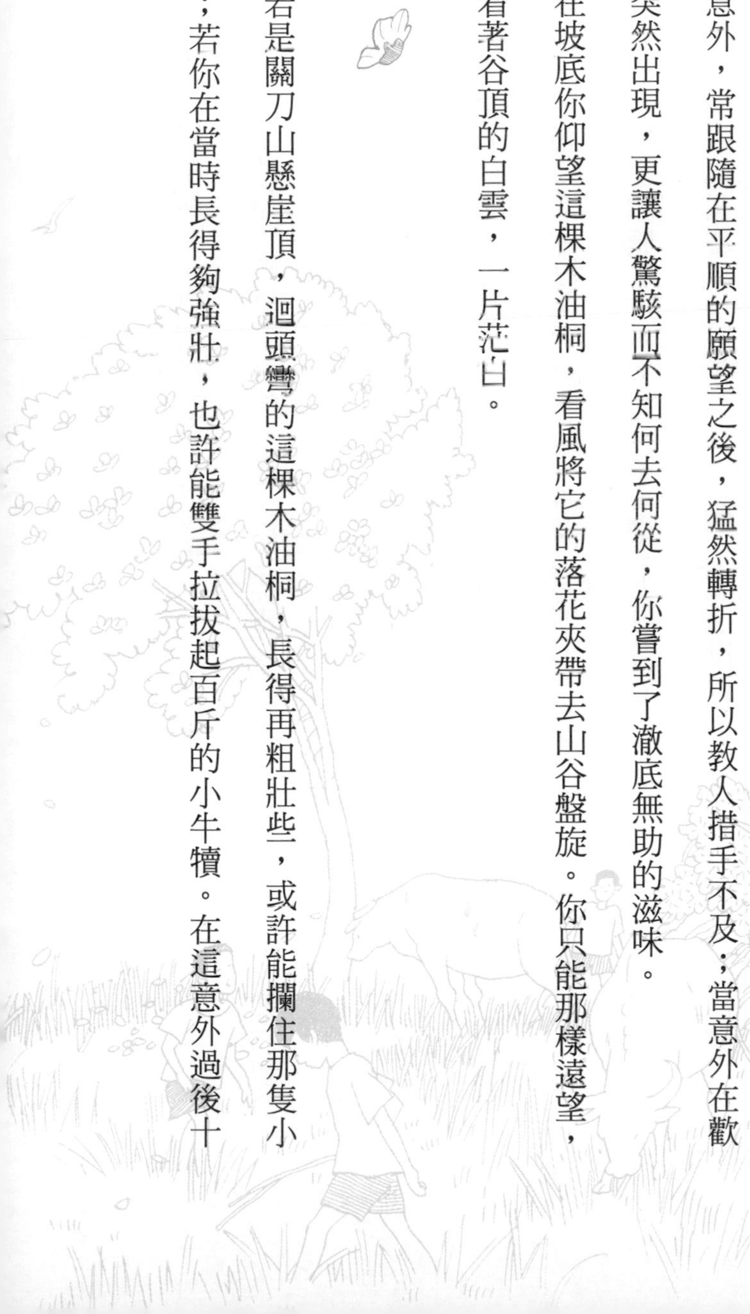

若是關刀山懸崖頂，迴頭彎的這棵木油桐，長得再粗壯些，或許能攔住那隻小牛犢；若你在當時長得夠強壯，也許能雙手拉拔起百斤的小牛犢。在這意外過後十

年間，你從噩夢中醒來，仍這麼想著。

令你更納悶的是：希望破滅的父母，自始至終不曾對你有半句責備。他們認命，認為「命中注定無牛」；他們認分，認為不該再向范家提出「飼牛送牛犢」的請求，認為做人不可失去本分，否則便是貪求。

玄奇的命運難測，人在生活中使力的勁道卻可自主。儘管生命中的大小結果難以把握，只是盡力了，也就無所懊悔，連惋惜都不必，你只能這麼安慰自己。

失去了牛犢，你無牛可放，只有在農事上更賣力，在功課學習上更盡心盡力。你在小學以第一名畢業，獲保送初中就讀，就這麼以最優異的成績，一路讀上來，成了關刀山下第一位讀完大學課程的山鄉子弟。

你能穿上那件初中生的白制服，竟和那隻小牛犢的存在與不存在，有著密切關聯。牠消失的生命，不能成為你的慶幸，因那畢竟是一條生命；但若牠勇壯存在，你的農夫生涯可能也這麼確定了。

第一名盡心盡力的農夫，原本也無不好。迴頭彎的那次意外，讓你的生命轉彎，轉出了另一種截然不同的生命況味，這況味是好？是不好？一時難以比較；但畢竟和農夫生涯不同。

你每次回鄉，總愛再來迴頭彎走走。山鄉早已不見水牛，所有農家耕耘機只吃油，不吃草。這不見往日足跡和牛蹄腳印的山徑，已經荒蕪；這棵長在懸崖頂的木油桐卻日見壯茂，模樣更好，更活氣。

望見這棵木油桐，你的心情難解，悲喜都無由。唯一能確定的是：在生命的每個彎口，你都盡心盡力，都懂得感恩緬懷，也將這麼一路走去。

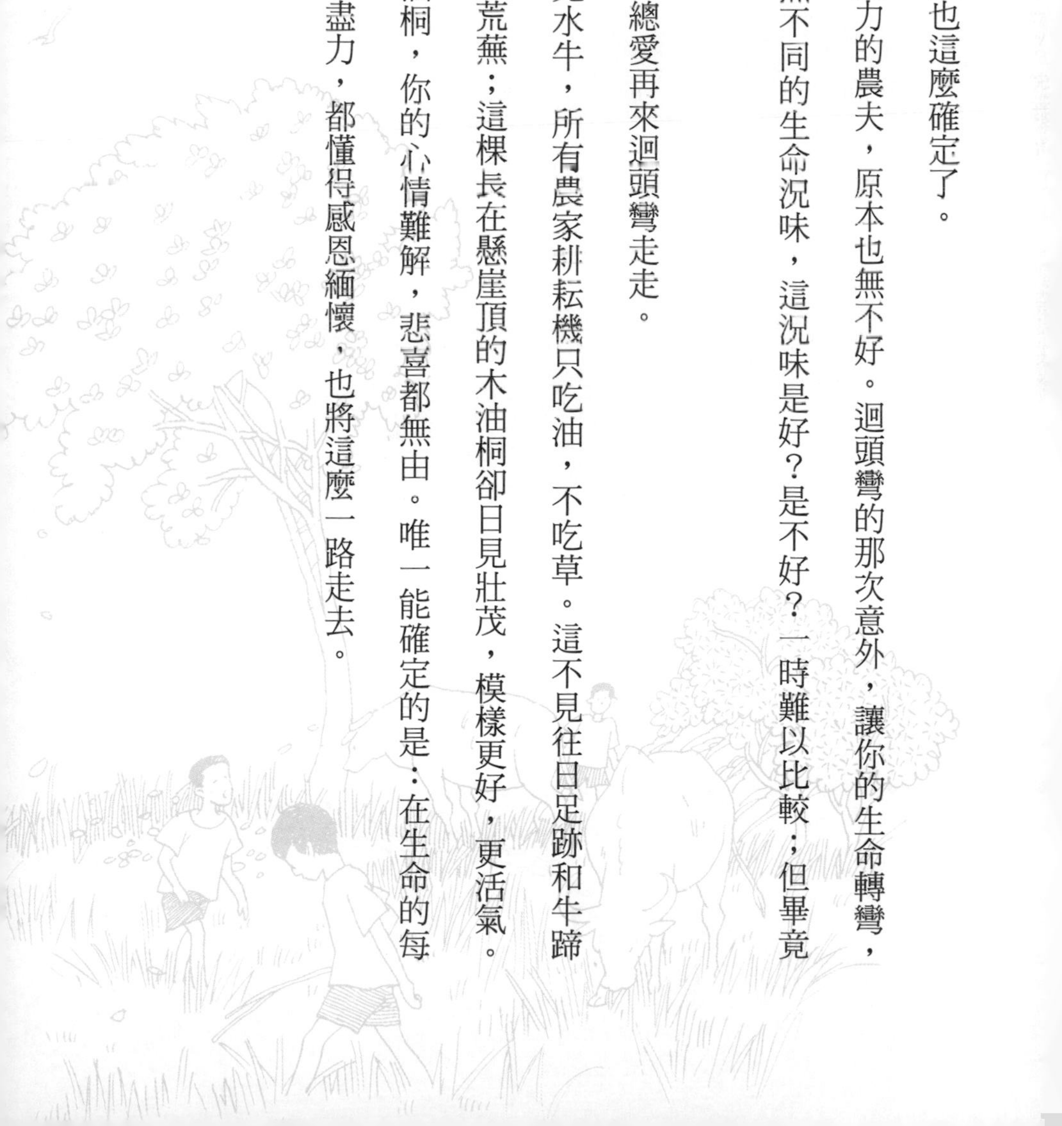

鳳凰花開和外星來客

所有高樹都喜愛仰望。

所有稍稍長得像樣的樹，也都會被人們仰望，有時也會被多情的人們，賦予美好的、傷懷的、怖畏的或什麼的想像。

就像我鳳凰木，居然成為離別的象徵，我璀璨的花朵，竟成了人們分手的共同記憶，成為同窗好友們對明日未可知的寄望。可不是，你讀過或引用過這樣的詩句嗎？特別是北迴歸線以南的少年，記得吧？

當鳳凰花開季節
就到了我們各奔前程的時刻
滿樹火紅
綻放著我們三年（可改為六年或四年）相聚的精采日子

繽紛落英
該是無言的不捨　沉默的眷戀　最豔麗的祝福
離別　是相聚的開始
我們卻寧可不分手
就讓所有欣　所有怨　所有歡和所有悲　綿延的少年風景
繼續綿延
鳳凰花　你是最璀璨的殘酷

這怎麼了？

我鳳凰木依時序成長，季節一到，我是要準時的，忍不住的讓看來還可以的花朵，開它個滿天滿樹。

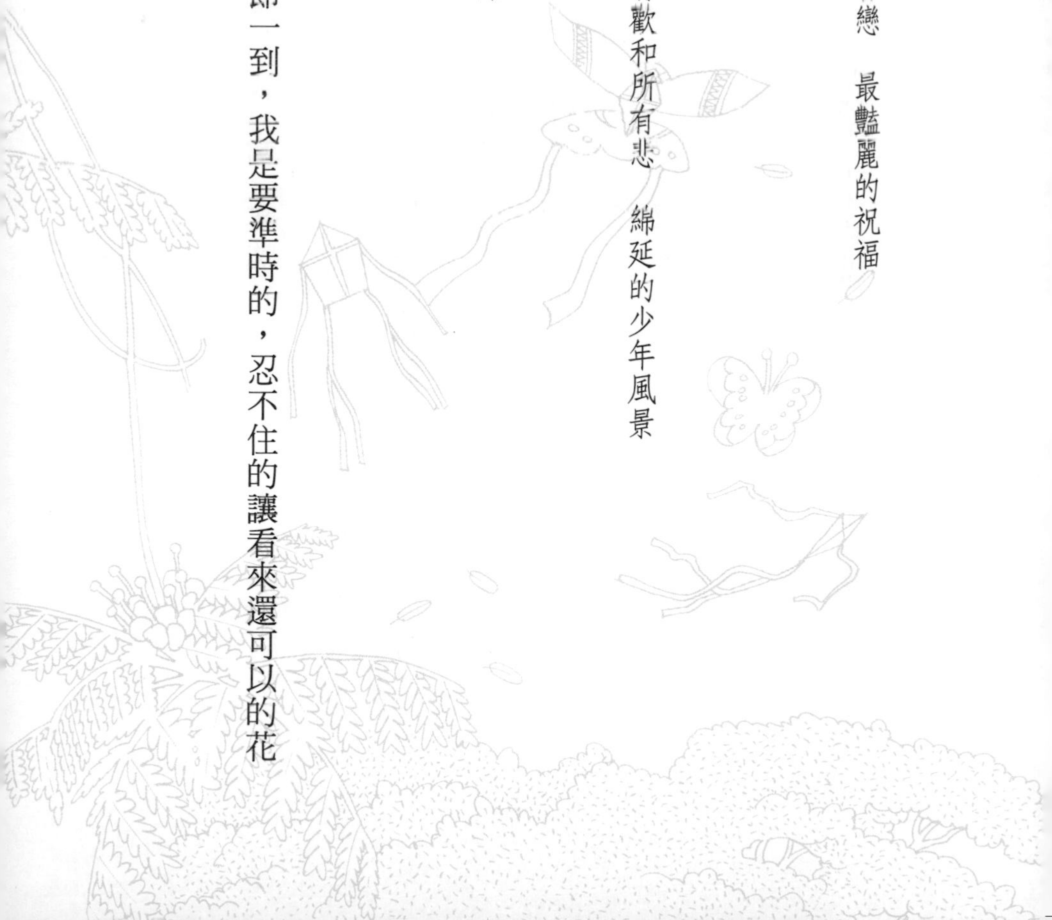

我的火紅璀璨，怎會是一種殘酷呢？

要提無言、沉默和最豔麗，誰比我更當之無愧？

真是愛怨尤人，我當事者往往作不了主，可還是要說，我鳳凰木是有主張的。

儘管我是十五歲那年，被人移植到這片廣闊草坡的獨立鳳凰木，我對自己、對那些放風箏和坐躺在望天丘的人，還是有想法的。

我的想法和包含離別與相聚的「再見」有關；我的主張和包含探索與盼望的想像有關，它關聯著我、地球人和外星人。

我是一棵成長快速的鳳凰木，給我十年，我就能長成一棵健壯的樹；而且是會開花的樹。

當然，我伸張的枝椏旺茂卻不結實；我竄土的根鬚密布但不深入。將我移植來這片草坡的人，基於種種理由，砍除了我大部分的枝椏和根鬚；於是有好幾個四季，我是一棵光禿禿、顫危危的疑似鳳凰木，卻彷如孤立在曠野的電線桿；而且是惹人嫌的電線桿。

嫌我嫌得最厲害的是那些放風箏的人。

我孤零零、好端端站著，天空如此開朗，草坡這樣寬闊，被施放的風箏卻愛來我樹頂停息。那些放風箏的人怎能怪我？

他們偏是氣嘟嘟的怪我，怪我害他們的手腳施展不開；害他們的風箏放不了高遠；害他們託寄的信件送不到雲端；害他們壞了一隻好好的風箏！

他們不怪自己，還說：「沒見過這麼喜歡收集風箏的樹！」

我知道，所有樹都有仰望的嗜好，至於收集風箏，這可要有些機緣，單憑興趣，也成不了氣候。坦白說，我的運氣不錯，才能在一個秋天，收集不下二十隻各形各樣的風箏，收出了興趣，當然也收出了歡喜。

地球人對於天空的嚮往或對飛翔的盼望，可以從他們沒事跑來草坡放風箏；可以從他們三、兩人蹲坐在望天丘看天、望雲、觀星，找到最明確的證據。

在我看來，放風箏的地球人，分為兩大類：一是滿場飛奔又喳呼得不得了的青少年；另是藉教孩子放風箏，自己玩得特開心的爸爸或阿公。

不論何種形樣的風箏，地球人總以風箏飛得高遠為貴，風箏的圖案、樣式、大小、長短、隊形和纏鬥的技術都在旁次。

我鳳凰木很少見過能飛入雲端的風箏，也就是它們能放得遠，未必飛得高。它們的意圖明顯，追求理想的精神可嘉；但限於氣流的穩浮、氣壓的高低、風箏的造型結構、風箏的輕重大小、和操縱那線索的人技術優劣，一支能遠颺高飛的風箏，想來也真不容易。

一隻風箏遠颺高飛，又為了什麼？

我收到了幾封來信，讓我對放風箏的地球人意圖，有更確切的認識。

當然，這些信都不是寫給我的。

當然，它們原本都是寄給飄浮的雲或無垠的天空，只因風向、氣壓和技術問題，正巧讓我收集了。沒錯，我只是個代收者（我要強調，我可不是截收者），但這又怎麼樣？

我實在很納悶，我鳳凰木好端端站在這裡，儘管這些年給搬來遷去折騰的禿頂，畢竟我還是高挺挺、活生生的存在，比起飄浮的雲和無垠的天空，我比它們具體多了。地球人寫信給它們，卻對我不聞問，這怎麼回事？不理睬也算了，還沒事罵我！

大約是這樣吧！地球人的理想、地球人的寄望都要託付於抽象的、遙遠的、眼前之外的未來，對於像我這樣的具體實在，總是輕忽，總是視而不見，乃至三轉兩彎讓我們這種眼前的存在，變成惹人怨的東西。

我鳳凰木不反對地球人有那些飄來飄去的理想，但我堅決反對將我看成顧人怨的障礙。

現在，我們來分享這些原本托寄給雲、給天空的信，它們是怎麼說的：

我最思慕的人，雖然我們天天見面，又彷彿在天邊，有許多話想說，卻不知從何說起，那就一切盡在不言中，默默的祝福吧。

飛吧！去看看白雲的故鄉，若遇到外星人，記得問他：你們為什麼長這麼醜？

地球太擁擠，所以要來天空散散心，又怕天空有流星雨。流星雨只在夜晚，白天沒有嗎？

高志鵬，我知你有懼高症，你是在地一條龍，上了三樓就一條蟲。你上當了，這封信飛過二十樓高，你的手會發抖吧？惡人無膽，對，我說的就是你！

我的志願：希望有一雙翅膀，像鳥一樣飛翔，愛去哪就去哪，沒有塞車、沒有紅綠燈。人很偉大，但怎不如一隻會飛的小鳥？

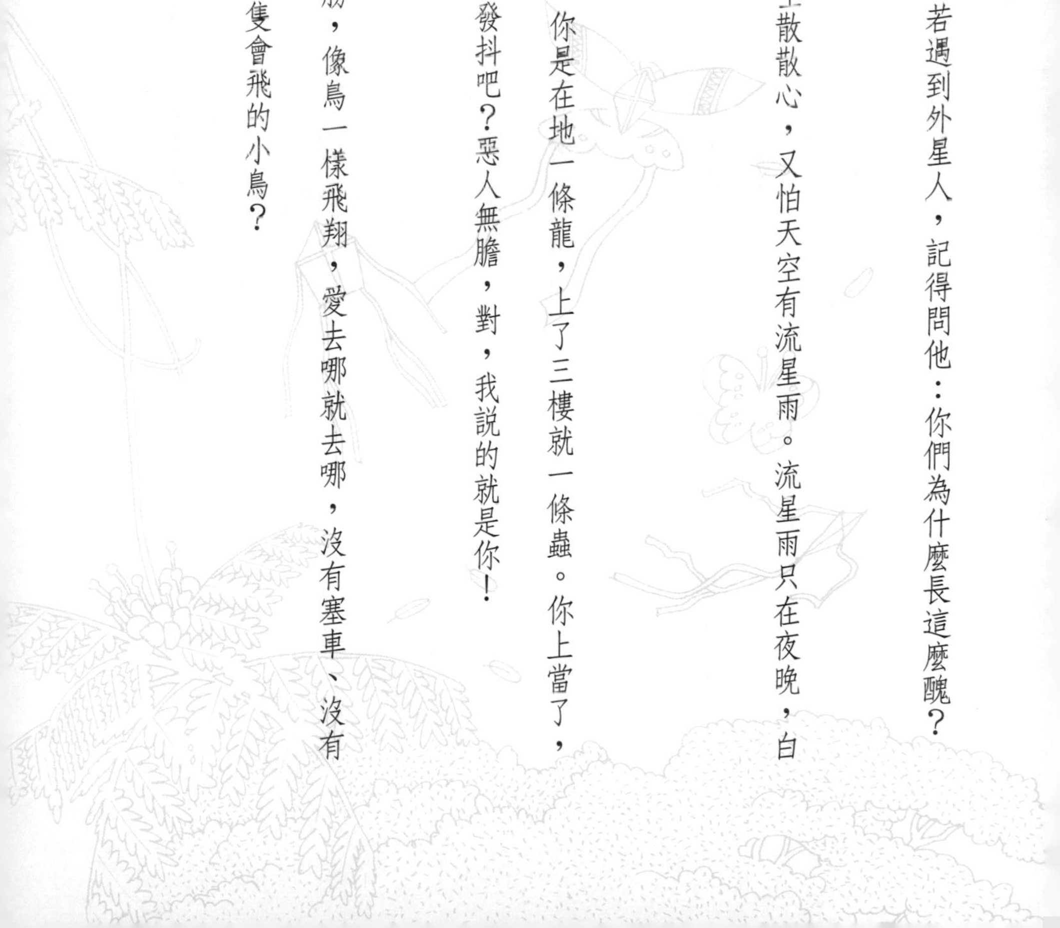

親愛的外星人，你們為什麼要跑那麼遠來攻打我們？

我爸和我媽為鑰匙吵架，我和我姊也常為襪子吵架，人為什麼要發明鑰匙和襪子呢？我討厭它們。

我覺得在風箏線上串一封信，是很愚蠢、很無聊的事。

誰家吹笛畫樓中，斷續聲隨斷續風，響遏行雲橫碧落，清和冷月到簾攏。天啊！好像有錯字，對不起了，詩人。

你問我是誰？我是你的噩夢！怕了吧？

老師說走路要抬頭挺胸，沒事不要看天發呆，那會看起來傻傻的；那抬頭看哪裡好呢？

這是我鳳凰木收集到的部分信文，這裡的問題很多，有些很簡單，多數好像也很複雜，像「吵架」和「想當小鳥」那件事，我就覺得很難解決。

我認為最值得注意的有兩點：一、是有兩封信都提到了「外星人」。二、是所有信都沒提到我。

怎麼會這樣？

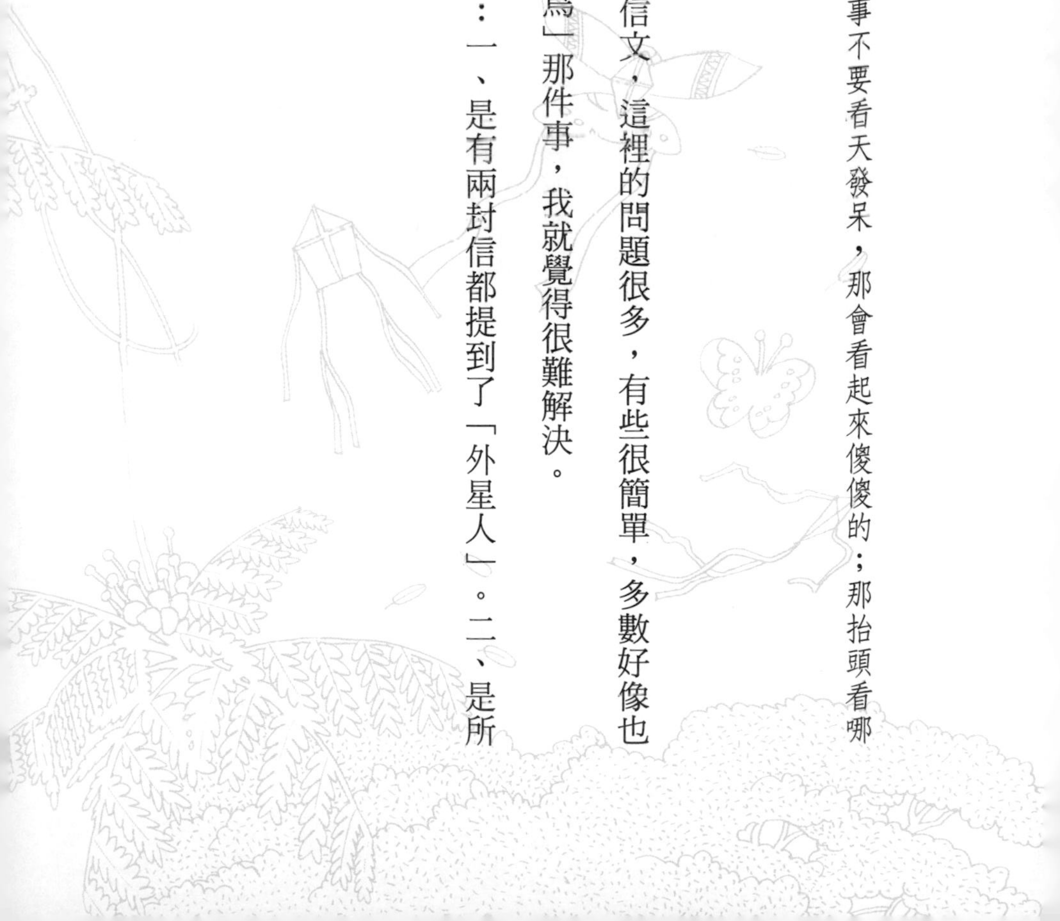

在風箏線上串一封信，不算什麼功夫，寫信人畢竟也當一件事在做。好了，這兩封寫給外星人的信，我相信他們都沒真正見過外星人，以我大膽的猜測，一萬個地球人，也沒一個看過真正的外星人。地球人去當一件事在做的寫信，卻是來問：「你們為什麼長得這麼醜？」、「你們為什麼要跑那麼遠來攻打我們？」

想想看，假若有個自認不愚蠢又不無聊的人，專程寫這麼一封信來問你，你有什麼感想？看過這樣的信，我想，任何一個最最普通的人也會突然真正的變醜，而且，終於下定決心來攻打你！

跟地球人長得不太一樣的外星人，就怎麼看怎麼醜？非要他們長得和寫信人一樣的才不叫醜？連我原本長得還可以的鳳凰木，都不敢嫌那些重陽木醜；我不敢嫌張牙舞爪的九重葛醜，一個普通的地球人，怎敢嫌東嫌西的說誰醜？

在浩瀚的天際，有著數不清的星球，地球人願意假設地球外還存在更美、更大的星球，這樣的想像力是正常的。一個正常的地球人也應當想到，能製造某種飛行器來到地球的外星人，至少不比地球人笨吧？

外星人飛得這麼遠（可能也飛得很辛苦），他怎會專程來找地球人打架？

憑外星人聰明又不怕辛苦的各種優異條件，你猜，他們看地球人的長相，還有從信文中透露的思想及感情，會在及格的線上打個什麼分數？（寫信人總也相信外星人看懂他的信，否則他幹麼寫？）

地球人不敢說，對不對？

我就說，他們會一直笑一直笑，笑到地球人也開始覺得自己很醜很醜。

當然，很多事物不一定要親眼見過，才能證實它們存在。就像我鳳凰木沒見過熱帶雨林中有一種長得比我還高大的花；我沒見過有一種活得像地球一樣老的銀杏樹，但從那些一年到頭南北搬家的各種候鳥帶來的消息（儘管牠們有時也會說得很誇張，但我會判別，我會推想），我也都相信它們的存在。

地球人認識的外星人，又從哪裡認識來的？

不知寫這兩封信給外星人的放風箏人，是不是也和那位躺在望天丘看星星的人一樣：「那麼好看的電影，當然經過考證、有研究、有事實根據的。外星人都是大頭、大眼睛的無毛族，他們能飛行到地球來，當然也有摧毀地球的能力。」

好啦，電影是個什麼樣的東西，我沒見過，它是不是比候鳥的消息還靈通？是不是也像牠們有時說得很誇張？我就不信，提到外星人，就嚇唬說他們要來攻打地球人。

我倒要問問地球人：外星人攻打過地球嗎？遠的不談，就說兩千年來，地球給外星人攻打過一次嗎？

說到底，是不是地球人到了任何外地，就想攻打人家、侵略人家，所以老想著不知來處的外星人也會這樣、那樣？

累不累！連放風箏這種最輕鬆的時刻，也這麼恐怖兮兮的想，難怪，得神經衰弱的人，比和外星人交手過的人多得多。

我要說：「仰望，真是個美麗的姿勢。」

我鳳凰木仰望日影，是這樣；人抬頭挺胸放風箏的脖頸弧線，也是這樣。對於某一件具體事物或人的仰望，是如此耐看，類似看天發呆那種無邊的仰望，更是美麗的遐想。

我鳳凰木一直保持這嗜好，才能在每次遷徙後，淡忘離別的痛苦；在仰望中尋回眷戀的方向，並尋找到新的喜悅。

因為嗜好仰望，我更得抓緊現在的土地，將根鬚努力的吮吸每一滴水泉。我知道，總不能因仰望未來，回顧過去，而忽視了今天立根的所在。那不行，我會跌倒。「再見」，是揮手道別也是重逢的期待。我明白，那些北迴歸線以南的少年詩人，以「鳳凰花開」為引的美好詩句，任何有善解情懷的地球人，都會讀出「珍惜」兩字。我明白這些以我為引的詩句，一一都是真摯的叮嚀，叮嚀毋忘我；誠懇的祝福，祝福好時年。

但，萬萬不要說，我是最璀璨的殘酷。

「探索」，是冒險犯難也是嶄新的開創。我了解，多數的地球人都缺少這樣的精神，當然也少見這樣的作為。從草地上的風箏人和望天丘頂的觀星人，我讀出了「嚮往」兩字。

我了解他們對於冒險夾附了過多的恐懼；對開創又拖載了太多的成見。其實在地球人心底，外星人的長相未必真醜；否則不會有可愛的地球小孩抱著塑膠外星人娃娃來草地玩，和另一個抱著恐龍模型的小孩玩得那麼開心。

這些外星人娃娃和恐龍模型，不都是地球人爸媽掏腰包買來的？

地球人有心去開創不可知的生活，變化出一個嶄新的生活形態和空間，不就是進步的真義？地球人有心去探索浩瀚天際，尋求外星的訊息，也是出於美好的盼望。那就勇敢的去吧。

但萬萬不要假設，外星人不愛好和平，不要假設他們從遙遠的不知處前來，只為攻打地球人。

還有一件小事：大家沒事也看一眼我——孤立在草地的鳳凰木，得便也寫一封信給我吧。若都不成，那麼至少別罵我妨礙了風箏，妨礙了誰的仰望。

不倒茄苳和集集兒女

我是台灣中部山城集集的茄苳樹，是一棵年輪三百圈，長得最高大強壯的茄苳樹。

我沒倒！我從來就沒有真正的仆倒過。在一九九九年九月二十一日凌晨一時四十七分的強烈地震中，我的根莖緊抓的土地鬆動了，我還是沒倒！怎樣？

我緊抓住泥土，被上下拉拔一樓高、前後左右移位三公尺，我只是在驚駭中迷糊，在身不由己的抖顫中暈眩，在嗚嗚的地鳴中傾斜了，我還是沒倒！

可我守望這麼多年的小鎮，多數的樓房是成排的倒了，集體的坍塌。有一百多位小鎮的老少子弟在瓦礫堆中喪失了生命，更多人在最真實的噩夢裡受傷，這小鎮的多數人都失去了家。

我鬆動了的根基，在這些天來不斷的餘震中，仍緊緊箝住深處的泥土。不是我逞強，一定要當一棵不倒樹，而是在此刻，被這場百年大震癱平的小鎮，所有受到傷痛驚嚇的老少子弟們，若能發現他們最熟悉的一棵大樹，傾斜了卻還奮力挺住，他們在茫然中還有一個穩定的仰望，大家的心情或許安慰些、安定些；或許他們對今後的每一天，能不因陌生而駭怕，能不因悲痛而遺忘了勇氣。

就是這樣，我拚了全力抓住泥土，抓住這片可怕又可愛的泥土。

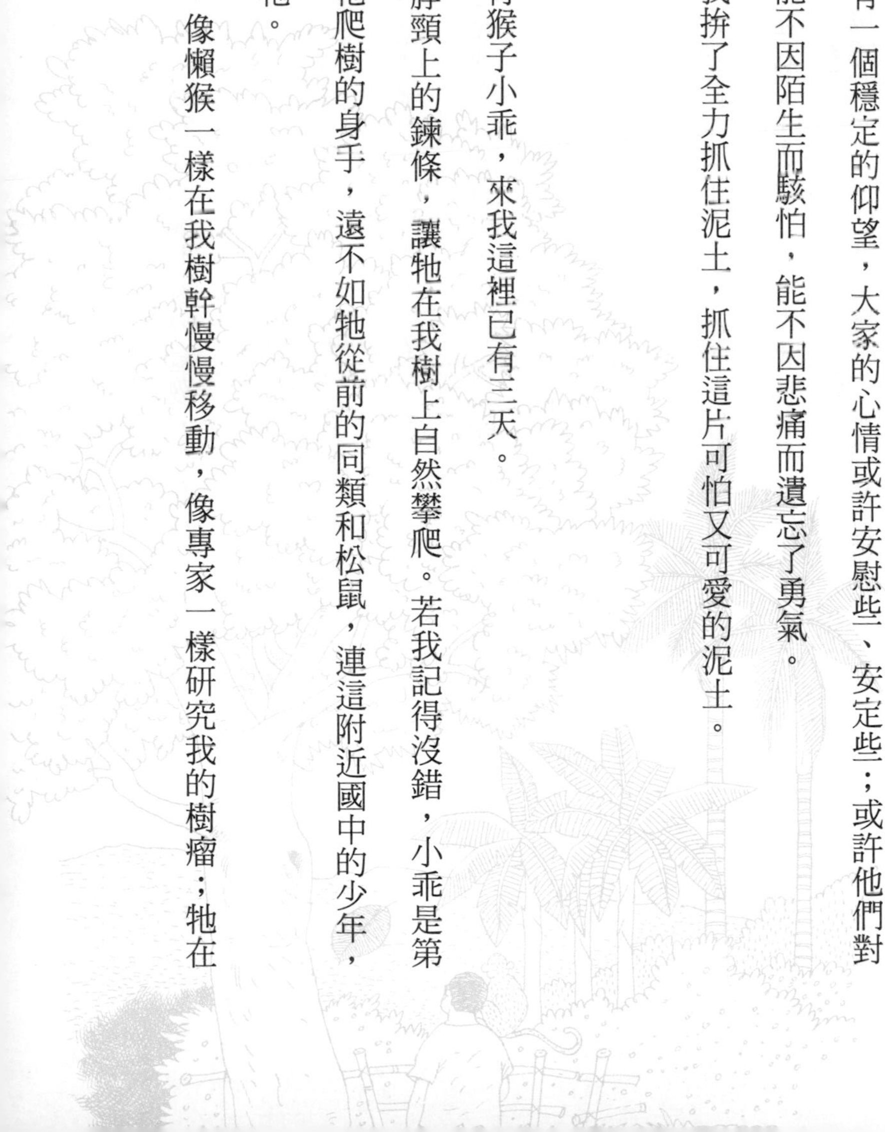

少年阿俊肩背猴子小乖，來我這裡已有三天。

他解開小乖脖頸上的鍊條，讓牠在我樹上自然攀爬。若我記得沒錯，小乖是第一次來我這裡。牠爬樹的身手，遠不如牠從前的同類和松鼠，連這附近國中的少年，也有許多人強過牠。

小乖太膽怯，像懶猴一樣在我樹幹慢慢移動，像專家一樣研究我的樹瘤；牠在不高不矮的枝椏張望的模樣，比攀木蜥蜴還慢，比牠們還小心謹慎。

從前，阿俊是我茄苳樹下的常客。他和同伴玩「觸電」遊戲的快跑和喳呼，少有人拚得過；他們一夥少男、少女帶來飲料和零食享用，順便在我樹身上上下下。阿俊聒噪的嗓門和俐落身手，這些天也都不見了。

那天凌晨，地殼摩挲的沉悶聲響，地底噴發的熱氣，和地層斷裂的激烈升降晃動，我深竄到泥土的根鬚當然都知道：這次百年來最大地震的震央，離我不遠，可以說就在我左右，在深淺難測的渾沌黑黯中。

有人說，這場天崩地裂發生的那八十秒，感覺宛如躺臥在一個封閉黑黯的船艙，突遭巨浪衝擊，人被拋高摔下、左拉右扯，來不及躲藏防護；來不及想到「為什麼」；甚至來不及驚呼喊叫，一切就裂變了；一切又寂靜了。

天、地、人在絕對的黯夜中，絕對的沉默。

山無音，風無聲，人的哭泣只剩下張口喘息，如一尾離水的魚。

阿俊在主震過後的第一個黎明，回到我茄苳樹下。他也是睜著大眼睛張望，肩背著小乖，不哭也不叫，他們在我樹下和樹外遊走徘徊，不走遠也不靠近。

這樣的沉默，怎麼好呢？

我不知阿俊遭到何等驚嚇，他的家人、鄰居、親友和同學，在這場強烈地震中，又有什麼遭遇，又怎麼了？

從我高高的樹頂望過去，整座集集小鎮也是肅靜的，在一大片坍毀房舍間行走的人們，走得緩慢；走得沉默，他們在極度的震驚和傷悲中，失去了家園，似乎也失去了語言的能力。

幸好，集集小鎮盛產的香蕉樹、椰子樹和龍眼樹，多數沒有傾倒。它們以柔韌的身軀配合地殼的搖擺浮沉，在驚慌中保持平衡，儘管有些傾斜，仍然屹立。

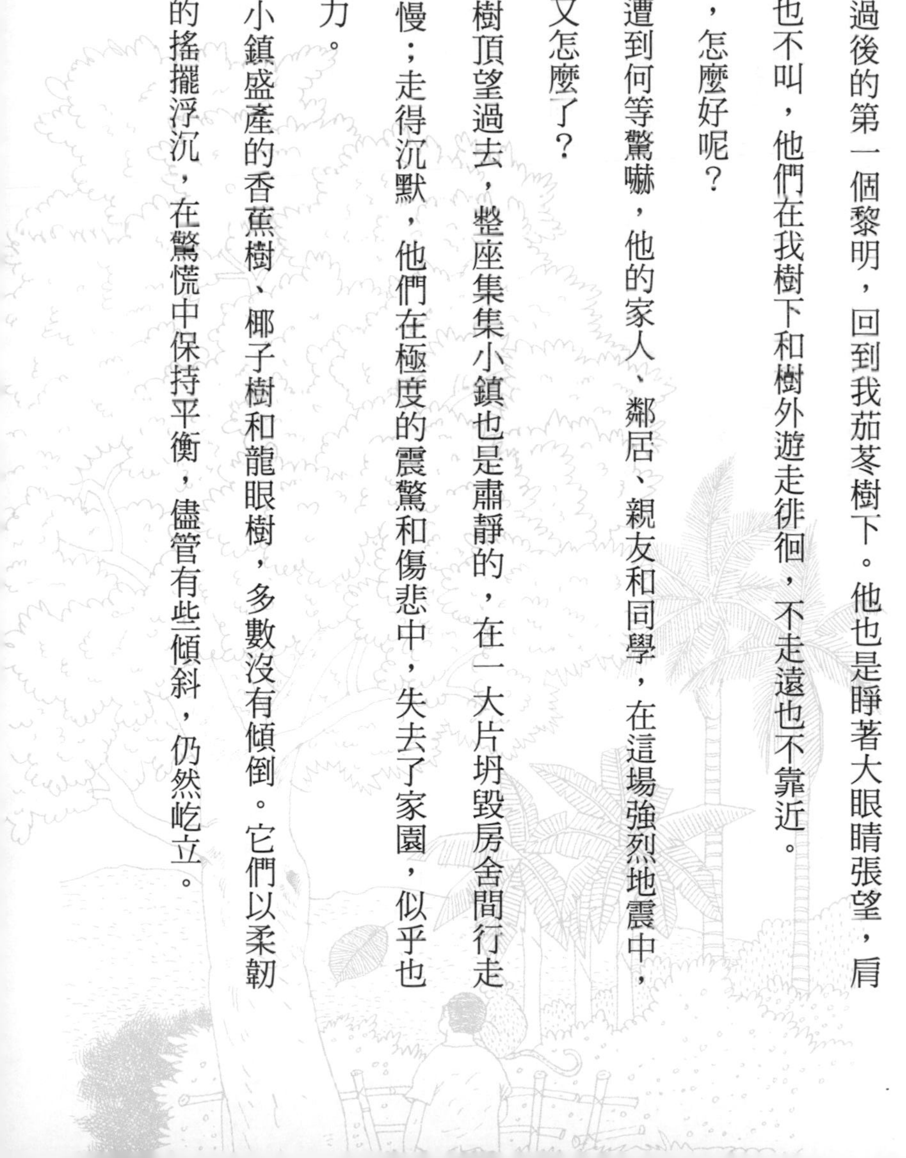

它們站在廢墟般的街道旁，在迸裂的田野間，一如往常的翠綠；一如往常的生機勃勃。那些從各地火速運來賑災物質的車輛，和一頂頂搭在路旁、校園的五彩帳篷，為這座山城小鎮平添了活力和色彩。

在我樹蔭覆蓋外的空地，搭起了三十多頂五彩蒙古包帳篷。這些豔麗的臨時住所，假若是歡樂的露營，該有多好？可惜，此刻的人們沒有休閒度假的心情，此時的心情，多半是莫可奈何的。

阿俊曾是一名出色的童子軍，搭建帳篷是他的拿手工作之一，他不必讀使用說明書，默默的搭篷，為那些陸續來到的鄉人搭建臨時的家；他也為自己和猴子小乖，搭了一座小小的避難所。

阿俊背小乖到樹蔭外那座扭曲變形的石橋頭，領取賑災中心發放的民生物資。這些從台灣各地緊急送來的乾糧、泡麵、衣服、奶粉、礦泉水、棉被和帳篷，全來自和這山城小鎮陌生的人，是他們聽了收音機廣播後的善心捐助、真情收集和熱心運送。賑災中心義工們的交談，讓我感動，也讓我感到我們一點也不孤單。

「雖然我不認識你，但我謝謝你。」擔任賑災中心義工的婦人們，穿著一式的深藍色旗袍，梳一頭素淨的饅頭髮髻，她們對遠方趕來的救援隊，回報一句感恩，並以微笑重複這句話。

我知道，這些善心又有行動力的義工們，都是外地來的新朋友。對於外來的任何援助，是我和所有災難倖存的集集子弟們，應該心存感恩並致謝意的。

這樣的沉默怎麼好呢？

「心裡有話就多說一點，想哭，就哭吧！」

沒錯。患難中的吐露都能被傾聽；患難中的哭訴都能被領受；患難中的軟弱都能被扶持，天災鬧成這地步，能說能哭的人都算幸運的，所有的振作都是從軟弱出

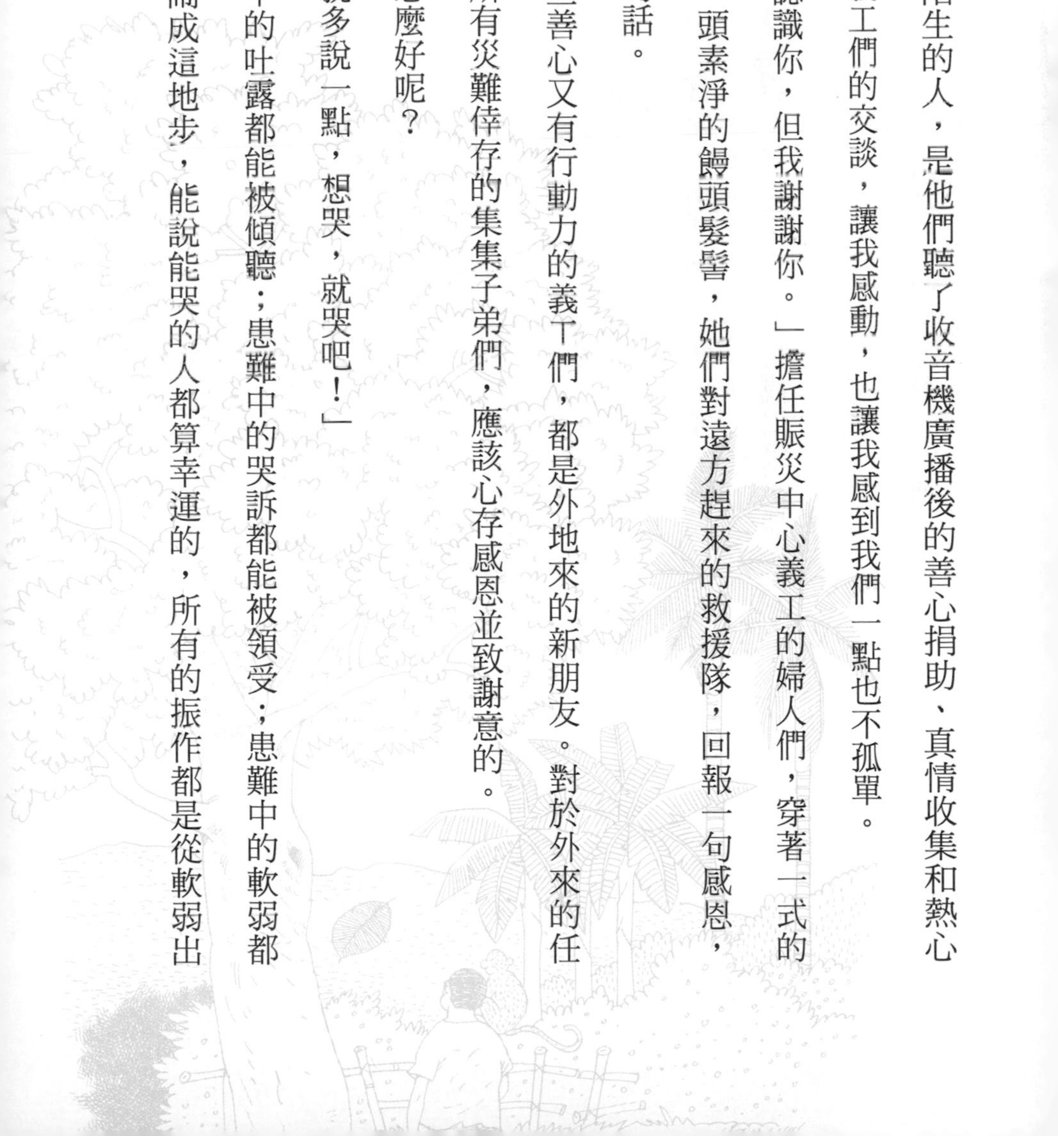

發。

人是這樣。

我們樹也是這樣吧！

誰也來讓阿俊和他的小乖說一說、哭一哭、叫一叫？

多虧他的鄰居同學媛，願意多陪陪他，願意陪他多說幾句、多問幾句，陪他在我傾斜的樹身下多坐一會兒，幫他找來更多工作，兩人一齊忙碌。

「戶口名簿、身分證、存款簿和印章都找出來了嗎？」

「……」

「高雄姑姑有沒聯絡上？好像在台南還有一位阿姨？」

「……」

「漢良的動作是我們班最快的，怎麼也沒跑出來？」

「……」

「你帳篷搭得又快又好，大家都謝謝你。」

「……」

「昨天載來五輛貨櫃車的棺材，你去領了？」

「……」

「啊！誰幫你守靈？」

「……我妹。你是怎麼救出阿公、阿嬤、爸媽和兩個妹妹？我很差勁！只救出我妹和小乖。天好暗，阿嬤被牆壓在床下，我媽抱著小弟已經跑到大門邊，我爸被壓在樓梯下。我真差勁！我搬不動。我的手都是血，他們的血。」阿俊終於開口了。

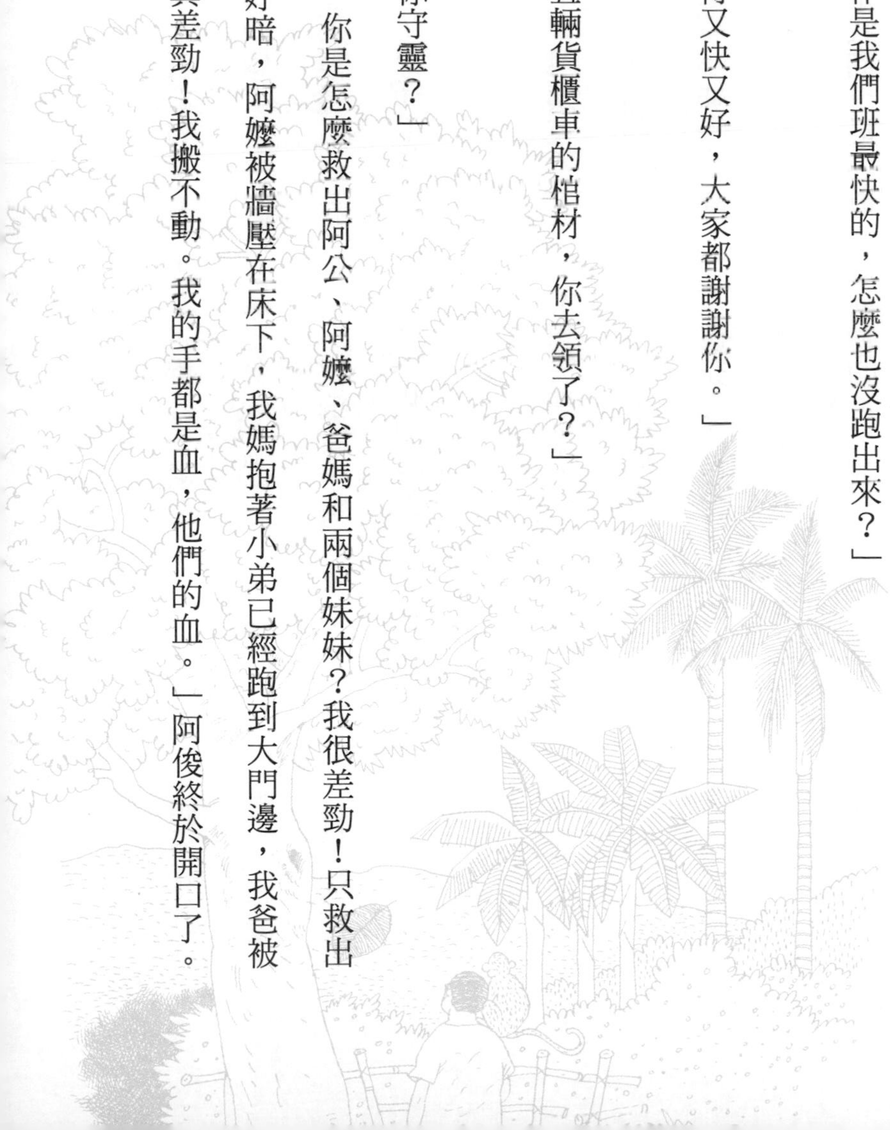

「那不一樣，你已經夠好了。我家的新房子還沒完工，那天晚上我們住在鄉下老屋，老屋易倒也易搬，我家的人只是運氣好。小妹一個人守靈，可以嗎？」媛說。

「……她蹲在那裡燒紙錢，一直哭。我怕看她哭，我怕看到四副棺材，我怕，怕小妹問我怎麼辦？我痛恨我們集集！我怕我們的集集。」阿俊激動的說。

「我也一樣。」

「……我姑姑和阿姨來了。我又不想去高雄，想留在我們集集。我們到底犯了麼錯？地震要這樣懲罰我們，讓我和小妹成了孤兒！」阿俊忿忿不平。

「還好，你還有小妹和小乖。我家沒完工的新房子也垮了，我爸說：『只要人活著，房子再蓋就有。』還好，你和小妹都平安。小妹一定比你害怕，小乖一定比我們更害怕。你是我們班最勇敢、最勤勞的人，我常常想：將來誰和你結婚，一定是最幸福的人。」媛說。

「……我連一個家都沒有。」阿俊沒有信心。

「暫時到姑姑家或阿姨家，將來長大了，你要是真想留在我們集集，自己還可以再建立一個更好的、更安全的家。我們鄰居和同學，還有我，都會在這裡等你回來，等你和你妹，還有小乖。」媛鼓勵他。

「……路很長，我一點也沒把握。」

「我們的路都很長，可能也會很苦，但路愈長，希望愈多，這希望裡也不會全是苦的。我們去陪小妹守靈，好嗎？」媛說。

阿俊終於哭了。

不知受到這般折磨的阿俊，能不能感受我茄苳樹靜靜的聆聽？我卻從他晶瑩的淚光，見到了重生的希望。災難中的人，能說就說，能哭就哭吧！我們復原的力量都在其中。

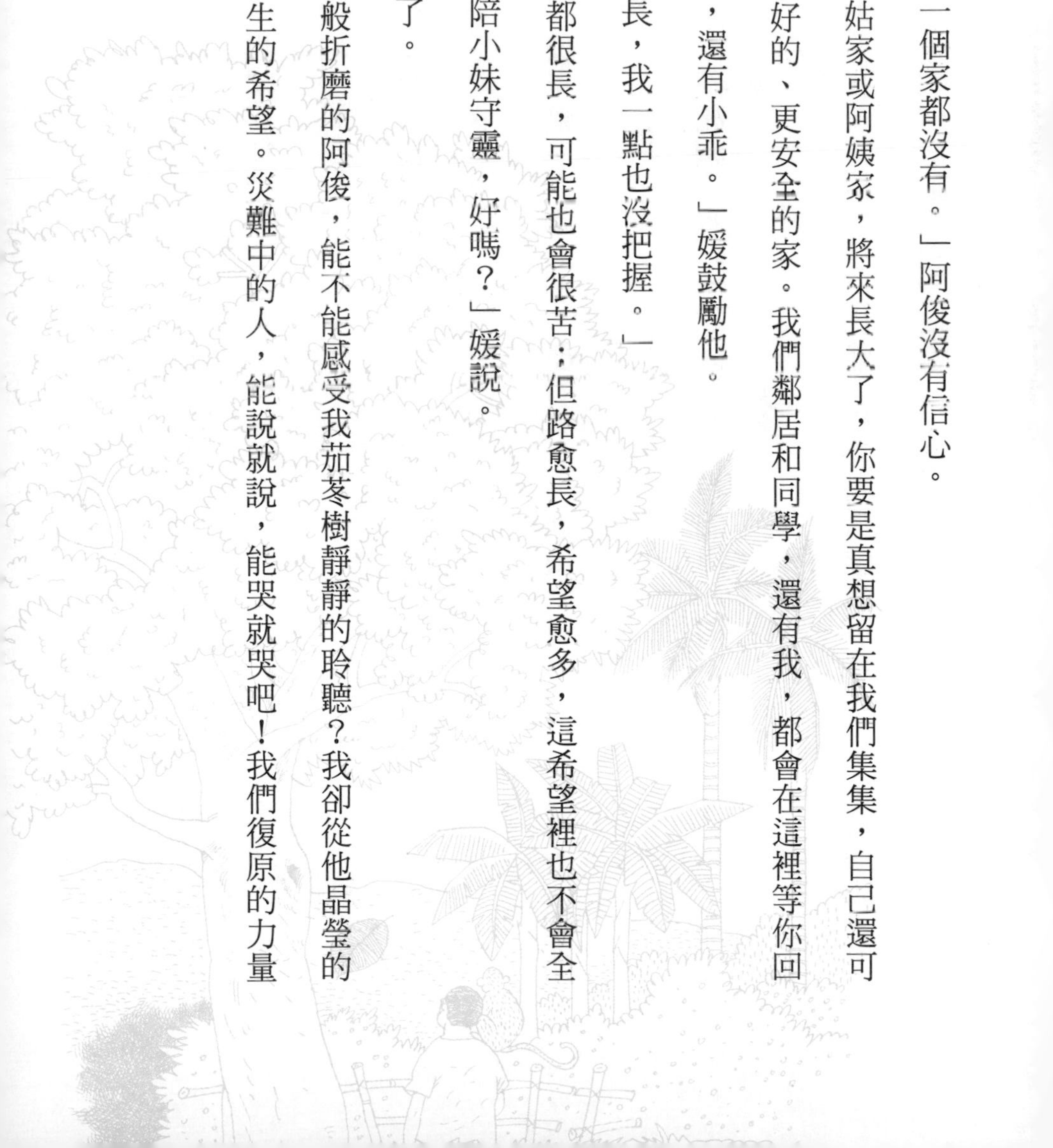

最強壯的人，再強也比不過我茄苳樹，我茄苳樹卻強不過任何一座小山；但最最強壯雄偉的山，也耐不住地底的震動。

能靜能動的大地，該是最偉大的了！

在遭受大地無情摧毀的這時刻，人們真正感受自己的無力和渺小，就像面對親友深埋廢墟，卻無能援救，這巨大的悲痛也是無可替代的。

可像我這麼一棵年輪三百圈的茄苳樹看來，大地儘管偉大，它的偉大還遠不如水。沒錯，就是水。

就是溫柔的水、硬如鋼的水、冷如冰的水、涓滴穿石的水、沸如氣的水、沛然難擋的水。

在這樣的時刻，我茄苳樹無意再比強、比弱的拿誰來嚇唬人，我想提醒的是：包括我自己，在這場劇烈撼動所受的驚嚇，以及身心所受的摧殘，只有如水的溫柔才能撫慰；只有如水的堅韌才能再起。

溫柔的淚水是可貴的，它是所有的「水」中，最珍貴的一種。

在肯定會有的重建工程裡，人們若還記得我，也請幫我扶一扶傾斜的樹身。若不巧人們都遺忘了我，我也會牢記那句——「一枝草，一點露」，努力吸收空氣、陽光和水，並等待來春的綿綿細雨，痛快的吮吸幾場。

畢竟，我是集集山城一棵年輪三百圈的茄苳樹，我無從怨也無從悔，我還要在集集山城挺出至少三百圈年輪，讓長大後的阿俊，還有他的孫子，和他孫子的孫子，永遠都能看見我。

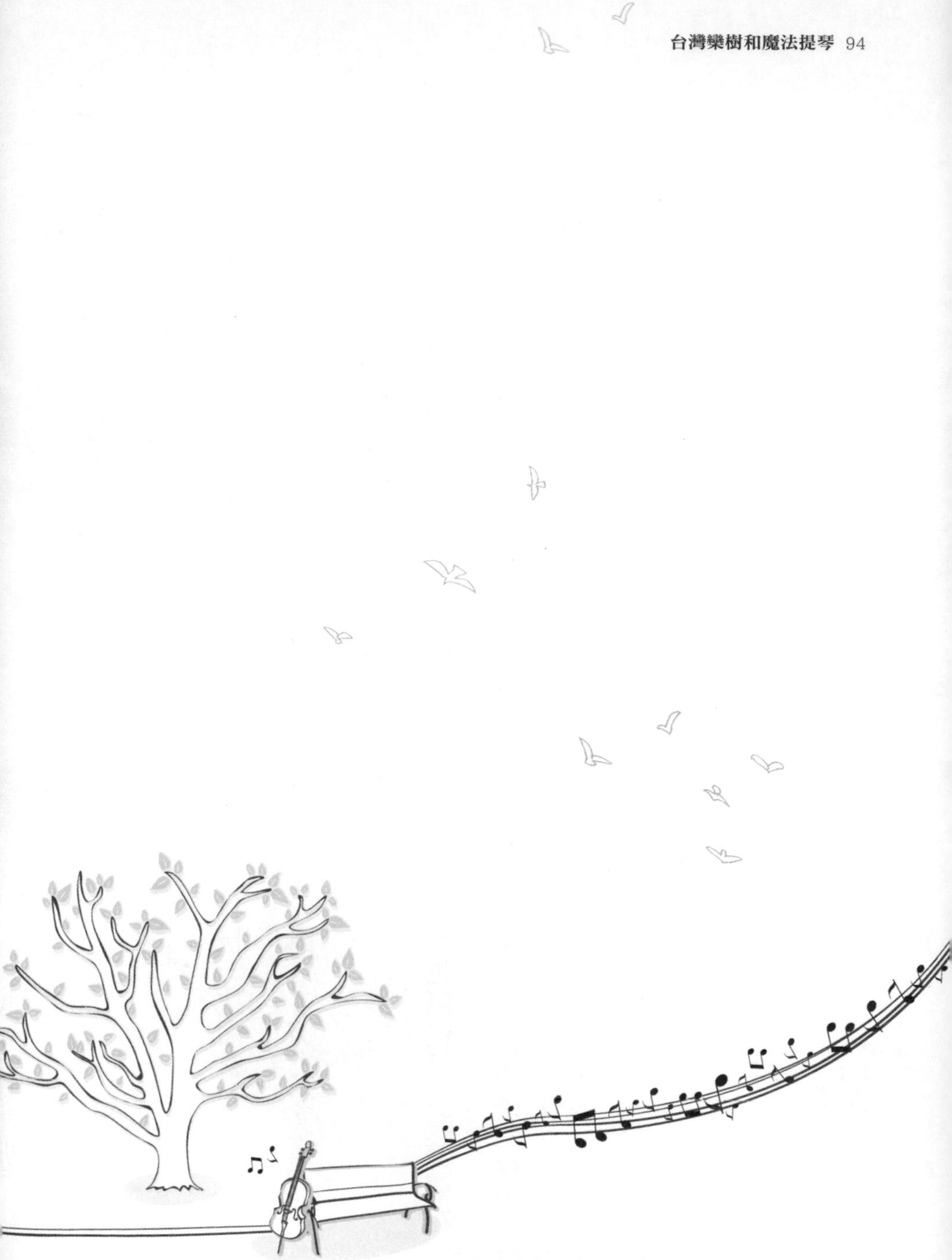

木麻黃和優秀子弟

接連三個好朋友，去撞著同一棵木麻黃，這就讓人納悶、狐疑和惱火了，也終於生出不是普通奇怪的念頭。

大橋頭公路旁這棵木麻黃也真耐撞，給這三個少年、少女飆車猛撞，居然沒歪、沒倒的沒事。

這棵粗壯的木麻黃，立在橋頭旁至少三十年，說老不老，這期間還曾因道路拓寬，給往外移植了一次。輕型摩托車的衝力再有限，時速也能衝到六十公里，就算是個莽撞孩子撞大人，大人猛不防都要來個四腳朝天。這棵木麻黃能安靜的挺住，是有幾分能耐！

這三個飆車年輕人，分批、分次來撞它，除了好朋友的有志一同，他們耐摔、耐跌的命大，也是有幾分能耐。

阿賓撞歪了摩托車龍頭，右手骨折，打上石膏，痛癢。

小文的摩托車全毀，在路肩翻了個大筋斗，傷背，綁上護背固定夾，痛。主要的煩惱是身手沒往常三分利便。

琴撞破安全帽，剎車把手扭曲，手腳沒走樣，只左頰破皮瘀青；非常擔心損害顏面，將來不好見人。

他們的驚嚇，在事發三分二十六秒後轉為疼痛。

他們從受創部位逐日蔓延開來的疼痛，在兩天又十四小時後，變成納悶：怎麼來探傷的好朋友，接二連三都遭了殃，難不成受到惡毒詛咒，才有這款相似的命運。

他們的納悶在互通幾次慰問電話後，彷彿也觸了電，從電話筒電到耳朵，電到他們聰明的頭腦，終於電成一肚子的狐疑：性能優越的摩托車給下了詛咒？但三部摩托車的廠牌不同，至少出廠時間也不一樣，三人又在不同時段遭厄運，同一個詛咒恐怕很難做到這種分廠、分段的處理吧？

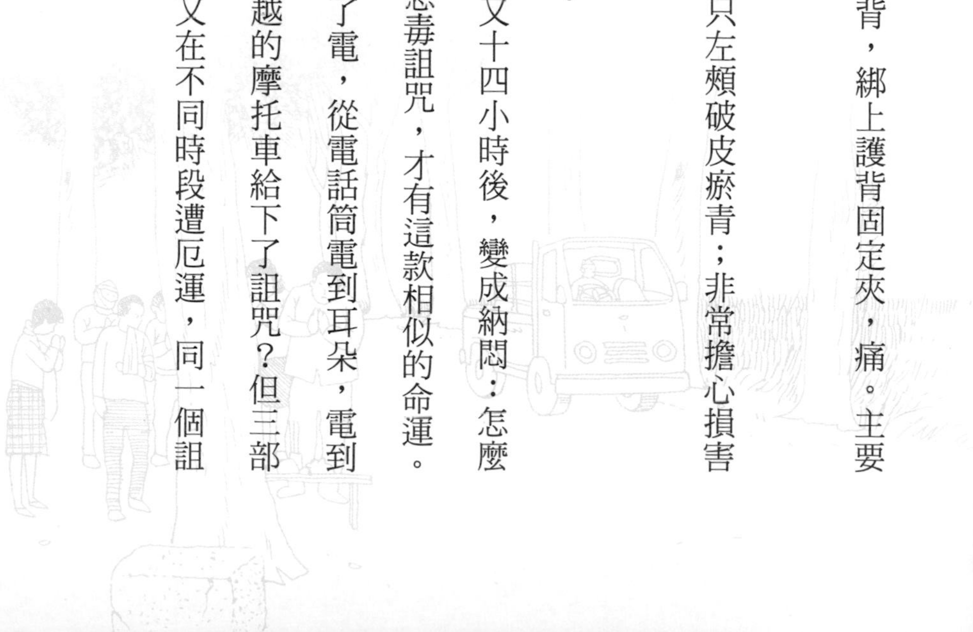

人家說，橋頭陰氣重，有些個性比較囉嗦的鬼魂，心情不爽就會出來找替身；但三人都沒給找成，只傷筋、折骨、破皮，說嚴重也沒到難醫的程度。想來想去，大概就是那棵邪氣的木麻黃作怪！

肯定沒錯。傻不楞登站在路旁的這棵木麻黃，看不慣人來車往；看不慣路人不睬它；看不慣人家騎摩托車的英姿。它嫉妒、它撒賴，所以扭了哪根筋的施展不入流的隱身術，以一種邪惡的障眼法，讓橋頭公路轉向，等人撞著它，才赫然驚見它原來還是傻不楞登的站在老地方。

三個飆車少年、少女的聰明，部分來自他們更聰明的父母。三家父母連同機靈過人的叔伯姑姨們，聽了三個不幸受害子弟的悲情敘述和冷靜解析，他們終於惱火了。

真是豈有此理！

怪事年年有，今年卻不巧被自己心愛的家人碰上了。

真是無理取鬧的木麻黃。

這件事一定要想個好辦法，不僅為自已受害的家人未來命運著想，更要為不知誰家的子弟消災解厄。

人在熱頭上，腦筋不是格外活絡，便是一頭鬧哄哄。特別是人多時候，你一句、我一句，口沫變成騰騰熱氣，平常人也會想出不平凡的念頭。

大家確定了肇禍元凶，正是這棵木麻黃。

大家也敲定了對付它的基本原則：先禮後兵，敬酒不吃再灌它吃罰酒，這罰酒可要動刀剝皮的。

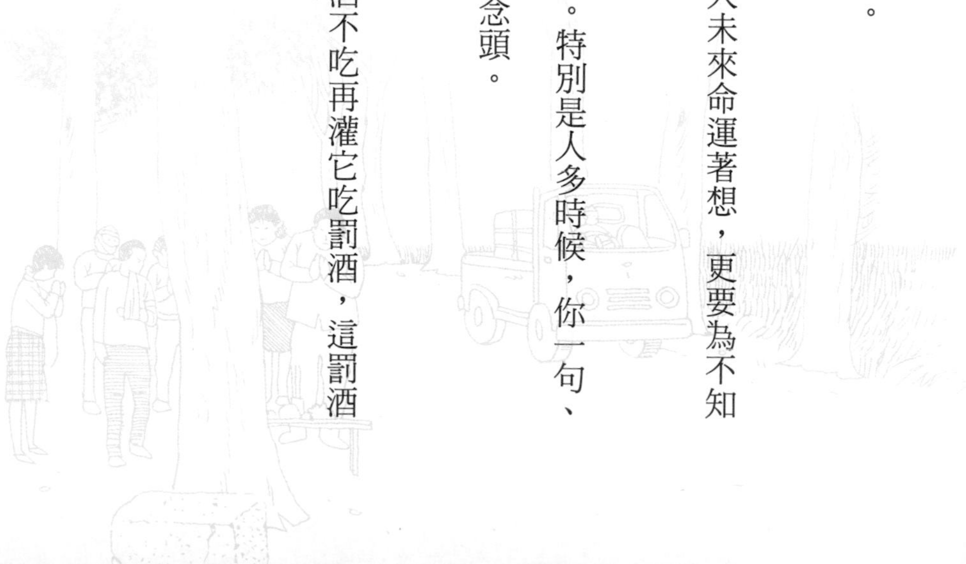

大橋頭公路旁這棵木麻黃，看不懂眼前十多名男女老少來意。只見三對夫妻模樣的中年男女，帶領了石膏手和僵直背的兩名少年和歪腫臉的少女，在它樹根前坑坑隆隆的幾尺地，擺放了一條五花肉、一隻脫毛雞和一隻翅膀反折的肥鴨。其他在他們背後一大群隨隊前來的貴賓，都站到路肩車道上去了。

行經這橋頭引道大斜坡的汽車或摩托車，向來都不慢，連越區就讀的學生騎腳踏車，在這裡也踩得像風火輪一般快。

木麻黃真為這些不請自來的貴賓們擔心，若碰上哪個沒在下坡踩剎車習慣的駕駛人，或喜歡在下坡加速的神勇騎士，這路肩恐怕不太合適吹風談天或敬禮拜拜。

這些盛裝來訪的貴賓，幹麼沒事擺這祭品排場？

木麻黃確信自己活生生，還輪不到被膜拜供奉的身分，今天勞動這群人來，其中必定有值得研究的問題。

他提高警覺，細細觀察這群人的動靜。

一大把香柱點燃了，陣陣薰香霎時瀰漫了路肩和整條公路，煙霧還向引道和大橋頭飄去。

一步向前的男人，大概是這群貴賓的首席代表，他高舉香炷，朝木麻黃恭敬一拜，其他人也跟著動作。當他騰出左手向側方一比，那石膏手和僵直背的兩名少男和歪腫臉的少女，自動出列。

這又是哪一門陣仗？木麻黃緊張了。

首席代表說道：

「樹王公在前，弟子陳定和帶領本莊三名優秀子弟，以及善男信女一同十五名，今日特來參拜。這三名子弟一時懵懂，前此騎機車衝撞樹王公玉身，承蒙樹王公寬

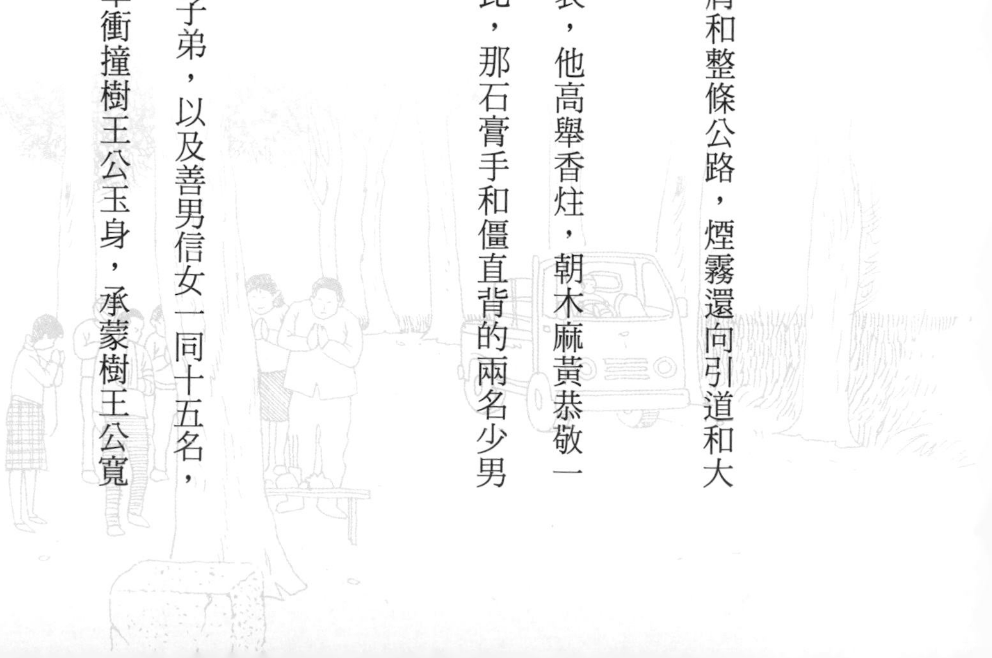

宏大量，不多計較，恩賜大事化小、小事化無。

「今日弟子感恩樹王公，在此日夜鎮守，驅邪消魔，保庇本莊子弟平安無事，保庇往來人車順遂，特備……」首席代表又高舉香炷三拜，其他人也跟著恭敬再拜。

樹王公？

首席代表指稱的樹王公，究竟是誰？

樹王公是多偉大的一種王公？木麻黃探看兩排行道樹，左看右看，前看後看，怎麼也看不出哪一棵木麻黃堪稱樹王公？

他回看自己，論年紀、體型、功績，怎麼也看不出自己哪一點適配尊王稱公。

回想這三十多年來，除那次道路拓寬，被判妨礙交通，得幸在吵吵嚷嚷後沒給剷除，向後移動了六尺，又有哪個過路行人會多看他一眼？

木麻黃想起來了……

眼前這兩名石膏手、僵直背的少男、以及歪腫臉的少女，正是七天前騎機車猛撞我三次的年輕人。今天他們化妝似的包紮成這模樣，還真不好認呢！

「弟子專程準備牲醴、酒菜奉敬樹王公，祈求樹王公一本慈悲，恩賜福祉，保庇三名子弟長大成人。」首席代表舉香三拜，其他人更不敢怠慢。這真為難那位石膏手少男，香枝那麼細，他怎好握住？

木麻黃的納悶又加一樁：就算我是平白新加封的樹王公，自己何時又保庇過誰？人說無功不受祿，我就因給猛撞那三大下，也能享受被膜拜的滋味？

那三名少男、少女半夜三更路過大橋頭，他們到底忙什麼大事業，做什麼轟轟烈烈的行當，要這麼急匆匆趕路，要這麼把不住龍頭的飛車奔馳。

他們一定有些不得已的苦衷。

不過，坦白說，這種撞不撞樹的事，誰也很難擔不擔保；誰也很難保不保佑。

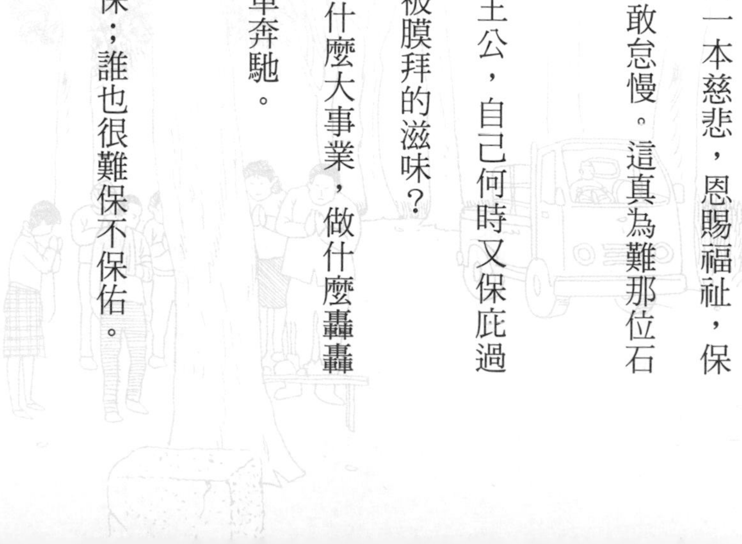

也不能全怪路過的行車愛看熱鬧，木麻黃這地頭，從來也沒這麼熱鬧過。他們搖下車窗，放慢車速，以確保木麻黃的貴賓們安全，這是對的。他們探頭觀看，多看一眼，也還說得過去；可他們看得雙車併排，看得讓不願湊熱鬧的人按喇叭催促。問題來了，也隱藏危機。

大橋頭公路旁這棵木麻黃，真痛恨自己精準的預感。

一個沒在下坡踩剎車的駕駛人，從橋頭直衝下來。他也是個做大事業的忙人，做某種轟轟烈烈的行當，才要這麼匆匆趕路，還得邊開車邊講行動電話。

當所有木麻黃的貴賓和看熱鬧的觀禮人，聽見「雞——狗——拐——」的緊急剎車聲，他們來不及再聽分明、再看詳細，碰碰碰的連環車禍已發生了。

十三部汽車以車頭撞人家車尾，撞得那麼來勁。奔逃的七部摩托車，反應快，沒相撞；但它們不客氣的朝著蹲在地上燒紙錢的貴賓們壓過去！

怎麼會這樣？

木麻黃傻眼了。生平第一次有人來燒香祈求，還尊稱那愈聽愈順耳的「樹王公」，這好景怎說變就變，一變就唉唉叫，一變就躺了一地，還出血。

那個石膏手和僵直背的少年以及歪腫臉的少女最慘，他們碰觸不得的傷口，大概又受到二次傷害，才會叫得這般悽慘。

那中年男人不愧是祭禮的首席代表，他一閃身，跳到樹背後，有點喘，但四肢健在，筋骨都無傷。

原來集體緊急救難的現場，是這等可怕的模樣，大橋頭公路旁這棵木麻黃總算見識到：趕來援救的交通警察、救護車、拖吊車加上哨音、警笛和人的哀嚎，可怕。

最讓木麻黃感到害怕的是，那首席代表臨走拋下的一句話，他惡狠狠的說：「好好好，看我怎麼來整頓你這棵垃圾樹！皮給我繃卡緊。」

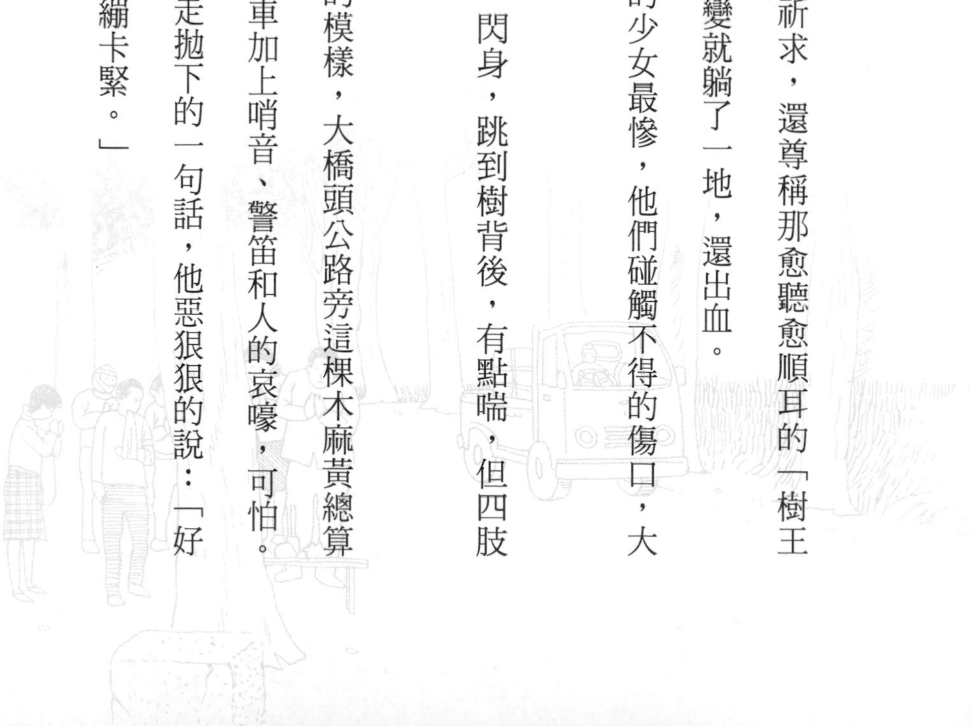

木麻黃的害怕有更多納悶：他警告的不是我吧？好歹他剛才尊稱我「樹王公」，這「垃圾樹」叫的是誰？他看來看去，這兩排木麻黃行道樹，包括自己在內，都沒資格稱作「樹王公」；也不至於被叫作「垃圾樹」。

大橋頭公路旁這棵木麻黃精準的預感，當然包括自己將遭遇的災禍。這精準卻是有限度的，它難測知即將降臨的具體事項，也推想不出發生的確切日期，所以只能狐疑和等待，只能「皮給它繃卡緊」。

假若期盼幸運到來的漫漫等待，是一種甜蜜的折磨，那麼預知災禍降臨的時時提防，便是一種殘酷的忍耐。提防到某種程度，居然會有類似自暴自棄的念頭：該來的災禍就快來吧，一了百了討個痛快，省得這種無盡的凌遲，讓整棵樹葉都快掉光了。

「皮給繃卡緊」了的木麻黃，天天等，時時等，等那個翻臉像翻樹葉的首席代表，現身來整頓；他又天天怕，時時怕，怕那不懷好意的首席代表，終於再來使出神祕手段。

來了！他終於來了。

七天後的周末，深夜十一點十一分，子時。首席代表這回沒率領大批的「本莊善男信女」，他開著前後車牌塗敷泥巴的中古汽車，帶來了那兩名石膏手和僵直背的少男以及歪腫臉少女。

這回他們沒帶牲醴酒菜、沒帶香燭喜炮，就這麼下車晃過來。

這回首席代表的手一揮，居然亮出三把寒光閃閃的尖刀，遞交給三個年輕人。

這是幹麼？

就算他們一時莽撞，飆車撞樹，也罪不及死，罪不及剝頭皮啊！何況，我也沒太怪罪他們，大家平安就好了嘛！

就算那天的連環大車禍，和他們有間接關係，可他們畢竟不是直接肇禍者，真要找誰算帳，那個沒在下坡踩剎車習慣的大忙人，才真該負責。何況，他該負責的也和「三把刀」沒關係嘛！

三個年輕人真可憐，怯怯接過尖刀，那個首席代表還說：「不用怕，有事我負責！」

再潑皮的少年犯了錯，也得留他們一條活路，怎可以這樣叫他們自裁來謝罪，或自相殘殺對我表示悔意？人命關天，就像我們樹命關地，誰人能負責。憑一句話？這是哪一莊的首席代表，太可怕。

那個石膏手少男雙手握尖刀，還是不利便；那個僵直背少男的雙手儘管無傷，可他轉身扭腰都不好使力；那個歪腫臉少女還包著一頭一臉彈性紗網，形象固然有點像某一路的俠女，可她兩粒眼珠被遮掩了，怎看得清楚該往哪處下刀？

他們這麼不利索的操使尖刀，亂割、亂捅一氣，不成了千刀萬剮的凌遲？太殘酷了。

那個首席代表終於下了屠殺令。可憐的、不敢抗命的三位青春少年、少女，完了，這下子完了。石膏手還問：「從哪裡下手比較好？」他們怎麼還這樣問呢！

「跟心臟同高就可以，先用力插一刀，順刀勢畫一圈，上下各一次，然後把皮剝下來。這很簡單，懂了吧？」

首席代表說這話的平和語氣，居然和那大他敬奉樹王公的祝禱詞，相差也不多。

他說：「不要怪我心狠，我早說過，先禮後兵，事情照步來。自作自受，不要怪本莊子弟下手無情。」

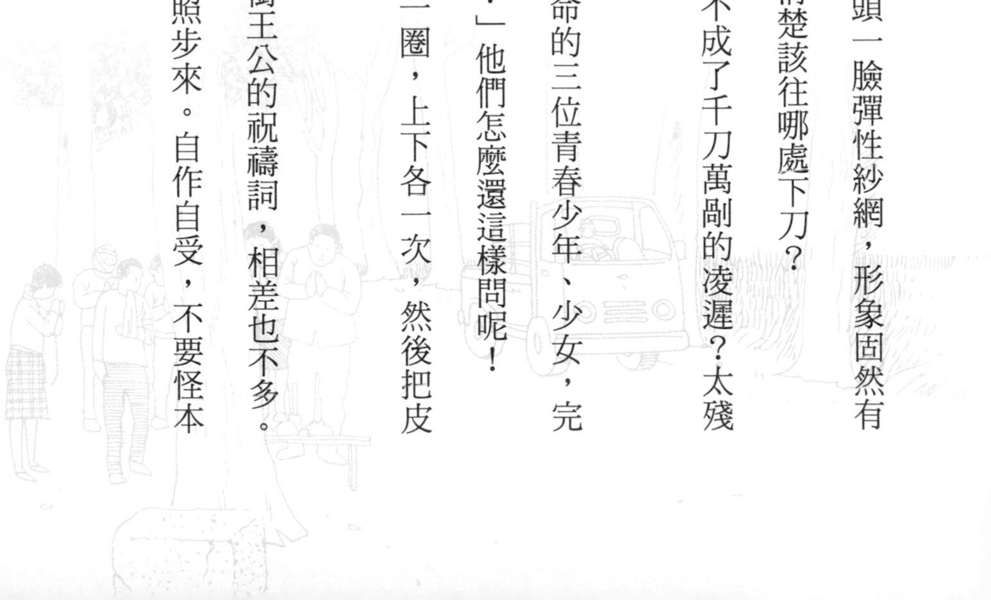

三個少年圍在木麻黃身旁，似乎在臨刑前還想找個保鑣，找個閃躲脫逃的機會。啊，畢竟是青春年少，生命是值得眷戀的，生命還有許多美好，等待去發現。

木麻黃真懊悔，自己為什麼一定要站在這大橋頭公路旁，若那次拓寬移植，給移去少有人煙的海邊或山腳，不就沒事了？

三個聽命行事的少年，高舉寒光閃閃的尖刀，果然用力刺下。他們的尖刀插進木麻黃樹身，直入樹皮！

怎麼會這樣？

他們用力太猛，或一身的撞傷還沒痊癒，沒來得及依照那首席代表的指示「順刀勢在樹身畫一圈」，居然棄刀跳開。他們抱住自己的傷痛處，唉唉叫，好像受了三度傷害，傷情加重不少。

那個首席代表也嚇壞了，兩粒眼珠在月光下閃爍寒光。他率先跑回那部中古汽車，對三個少年喊一聲：「趕緊！」他拉了三次才拉開車門，又喊：「走人啦！」

三把尖刀嵌插在大橋頭公路旁這棵木麻黃的腰身上，過半個月風吹、日晒、雨淋，依然寒光閃閃，沒半點鏽斑。這刀的材質不錯，看來想去，必是出自張水泉名店精工打造。

「人怕傷心，樹怕剝皮」，人若心死，便失去生存勇氣；樹若被剝去一圈皮，便失去生存條件，只能等待枯死。

木麻黃真不明白，這三個車禍傷身的年輕人，怎能來下毒手？那個因「本莊優秀子弟」受傷而傷心的首席代表，怎會動這樣的念頭，指使這樣毒辣的命令？

他不明白，也不敢等人來說清楚，至於擔憂，還真有一點：這三把不生鏽的尖

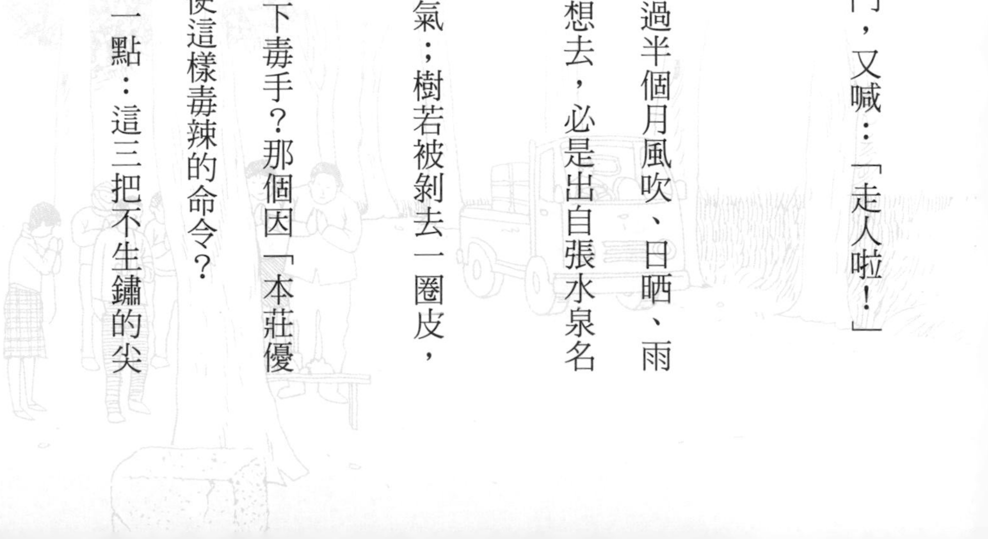

刀，若哪天給陽光照射，反射出光芒，不巧刺傷了某個騎士的眼睛，這筆帳少不得要算到自己頭上來。

特別是那三個受到三度傷害的飆車年輕人，他們每次給專車載送到醫院敷藥療傷，路過這地頭，總說一句很奇怪的話：「奇怪！」

他們到底看到什麼奇景？想到什麼怪事？

他們恨恨的眼光，若折射出某個焦點，會不會著火？

木麻黃想想自己給水淹、車撞和刀插，勉強都挺住了；可若一旦著火，潑及左右的無辜行道樹，這奇景、怪事之外，自己又該怎麼向真正的樹王公在天之靈交代？

他想，禱告若真靈驗，那就祈願那三個「本莊優秀子弟」早日康復，愛去哪裡飆，就去哪裡飆；祝福「本莊的善男信女」平安無事，愛去哪裡拜，就去哪裡拜。

旁的奇奇怪怪都別想了吧。

南洋杉和土司的詩

這是兩棵長在校門口的南洋杉。

它們在校門口一左一右聳立，直挺挺的，頗有旗桿的氣派；它們常年翠綠的針葉，由高而低，枝椏的伸展一層層，由窄而寬，又有聖誕樹給人安詳的聯想。

校門口對面的文具店老闆，對這兩棵南洋杉的來歷最清楚，他完全支持「旗桿」和「聖誕樹」的看法。

他說：「我是看著它們從小樹長大的，它們在創校那年種下，跟本店的歷史一樣，十六年了。它們長得不錯，本店的生意也可以。每年校慶學生把它們當旗桿用，那些校旗、班旗、萬國旗、綵球掛得滿滿地。

「聖誕節，更不用講啦，五彩燈泡、卡片、玻璃球掛得亮晶晶；所有材料都是本店特價供應。人都是有感情的嘛，開心就好。」

是對學生的感情，還是對這兩棵和文具店一起成長的南洋杉有感情？

「統統有，而且還感恩。你想想看，我這小店的生意，多半靠這裡的學生照顧，才維持十六年的業績成長。有多少文具行，開沒半年就『裝修內部，暫停營業』。本店能成為不倒老店，全靠這些年年來去的學生，再說，『常跑文具店的孩子不會變壞』，你聽過這句話？沒有，你現在聽過了。我正派經營，店裡賣的都是正派東西，誰多進來幾次，不但不會變壞，還會有氣質哦！」

老闆說：「我每天一開門，就看見這兩棵南洋杉，長這麼綠、這麼高，儘管不算太壯，也夠好了，感覺多舒服。我不是正式的慈濟功德會會員，照樣懂得感恩，也一樣有愛心。

「你說到感情，我想起來了，詩人的感情是很豐富的，最近我認識一位少年詩人，就是對面學校的一個男生，從山上下來的孩子，家境不太好，一直在找工讀機會。我請他每天傍晚來幫三小時忙，一小時工資八十五塊，外加一餐晚飯。

「這不是重點，我的意思是，他把做功課和寫詩的時間全用在打工，實在有些可惜了。詩，我是不太懂啦，不過看到那種美好的詩，還是有感覺的，我幫他想了一個好像不錯的辦法，你聽聽看，覺得怎樣？」

每天看著兩棵南洋杉健壯茁長，而心有所感的文具店老闆，他贊助少年詩人的辦法，果然有氣質。

周休二日的星期六早晨，我特地回來觀賞這兩棵由少年詩人主持的「詩之樹」。這位山上來的少年詩人，比我預想的健壯許多，他的性情開朗，甚至慧黠調皮的。他將南洋杉布置成宛如兩棵許願樹，在南洋杉最底層，最伸展的枝椏繫綁了各色卡片，隨風擺盪，好看。

少年詩人穿黑色涼衫、米黃卡其長褲和白球鞋。他胸前掛一只小袋，黑布小袋刺繡了豎橫交錯的五彩圖案，似乎是某一民族的傳統藝術。他說：「祖父送我的，本來放他的菸草和檳榔，袋子還有那種味道呢！很好用，很好看對不對？多功能的。」

這一回，小袋放置了各色卡片和幾支筆。

文具店童老闆免費提供精美的空白卡片和絹帶，讓少年詩人的作品和受託所寫的詩，繫綁在南洋杉的枝椏。

「隨風擺盪，又盪出詩之風，也就是有氣質的風。」童老闆說。

「我就是愛寫詩，寫出來好舒服。我的名字？叫我土司好了。」

土司？那不是方正的長條麵包？

「不是那種能吃的土司，是蜘蛛或蠶吐的那種絲。我覺得我寫詩很像牠們吐絲，不吐不快。牠們吐絲是成長的過程，是捕捉食物的工作，當然沒那麼詩情畫意啦。不過，現在我好像愈來愈像牠們了，叫我土司也沒錯。」

土司寫在各色卡片的詩，不論他有感而發的詩，或受託所寫的詩，一律標價五十元。

「原本，我覺得很不好意思，詩怎能像文具這樣拿來賣？這樣的詩人，好像有點，怎麼說？有點俗氣了。童老闆一直鼓勵我，他說好詩要分享，詩是智慧財產，賣一點有什麼關係？他說，這是很有氣質的，你會覺得很好笑嗎？」土司說。

這並不可笑，只是從來沒見過「詩之樹」，沒見過這麼富創意的詩集出版和發行。它的鮮奇、清新，本身就是一首形式和結構都突出的詩，讓人看了不禁莞爾，這莞爾當然無關譏笑，認真說，應當是欣喜。

樹上的詩，都寫些什麼？

生意好嗎？我的意思是，有人願意以一個餐盒的價錢買一首詩？一冊印刷精美的詩集才賣一百五十元，有人肯這麼掏腰包？真有人願意靠過來探一探、看一看？

「賣掉兩首詩，你看。」土司亮出一張百元紅鈔，「是我同學買走的啦，一位是我們文藝研習社的社長，另一位是副社長。不知那些詩寫得好不好，他們是來捧場的吧？

「童老闆很熱心，在文具店門口張貼海報，替『詩之樹』打廣告；我們社長和副社長在學校見人就說，他們幫我打宣傳，說這是『文藝復興』。你會覺得好笑嗎？」

絲毫都不可笑。一包口香糖、一包炸薯條都能在電視上打廣告，一首詩怎不行？特別是一首剛誕生的、非常新鮮的詩，當然能宣傳。我覺得非常可愛。

「坦白說，他們都很有眼光，被買走的兩首詩，都是我很喜歡的。而且我不會重複這兩個題材，我盡可能不抄襲自己，包括文字和韻味，當然我更不抄襲別人。

「你會不會覺得我很狂妄？我讀前輩詩人的作品，學他們的優點，但我要徹底消化。對，就像蠶吃桑葉吐出絲；蜘蛛吃蚊子也吐出絲；我吃下土司會有氣力寫出詩，對不起，我的比喻好俗氣，反正我就是要不斷推出新作品，至少對我來說是全新的作品。」

土司原本將「詩之樹」選在運動公園的豔紫荊樹。這時節環著公園的大道邊，豔紫荊開得正好，來這裡運動兼賞花的人不少。

可他再一想，他懸掛樹梢的詩句，儘管有一定的張力，但實在沒把握比具體奔跑跳躍的運動有勁。這些迎風招展的詩句，儘管有一定的美感，但也難說比嬌豔的紫荊博人賞識，畢竟詩的力與美，需要在更靈動、更深層的心境，才能欣賞。

文具店童老闆也不贊成，他說：「這兩棵南洋杉多好，青春、挺拔如少年，同你的氣質和詩的風格都很合。『詩之樹』在我店門口，至少我也照顧得到，要是太冷清，我還可以想辦法讓它熱起來。」

童老闆甚至鼓勵你進行「詩與音樂的對話」，必要時，就在南洋杉化身的「詩之樹」下朗誦詩。

文具店老闆畢竟不同於便當店老闆，我想，他即使不曾是文藝青年，也十足是個「文藝復興」的擁護者，至少氣質不差。

童老闆指有「朗誦詩的必要時候」，究竟是在圍觀的人較多時，還是人影稀落時？

「他沒說。」土司說。

那就是隨時都可以。那就是現在吧！能不能朗誦先早被收藏的那兩首詩？

「就是現在？這樣可以嗎？你不會覺得很好笑嗎？」土司說。

「當然可以。」我說。

都說少年強說愁　愛將一盤文字串成一帖詞賦
貼在案頭　貼在心頭　貼在眉頭
讓朦朧的愁　更清晰
讓淡淡的情　更濃郁
讓青春的眼眸籠上煙翳

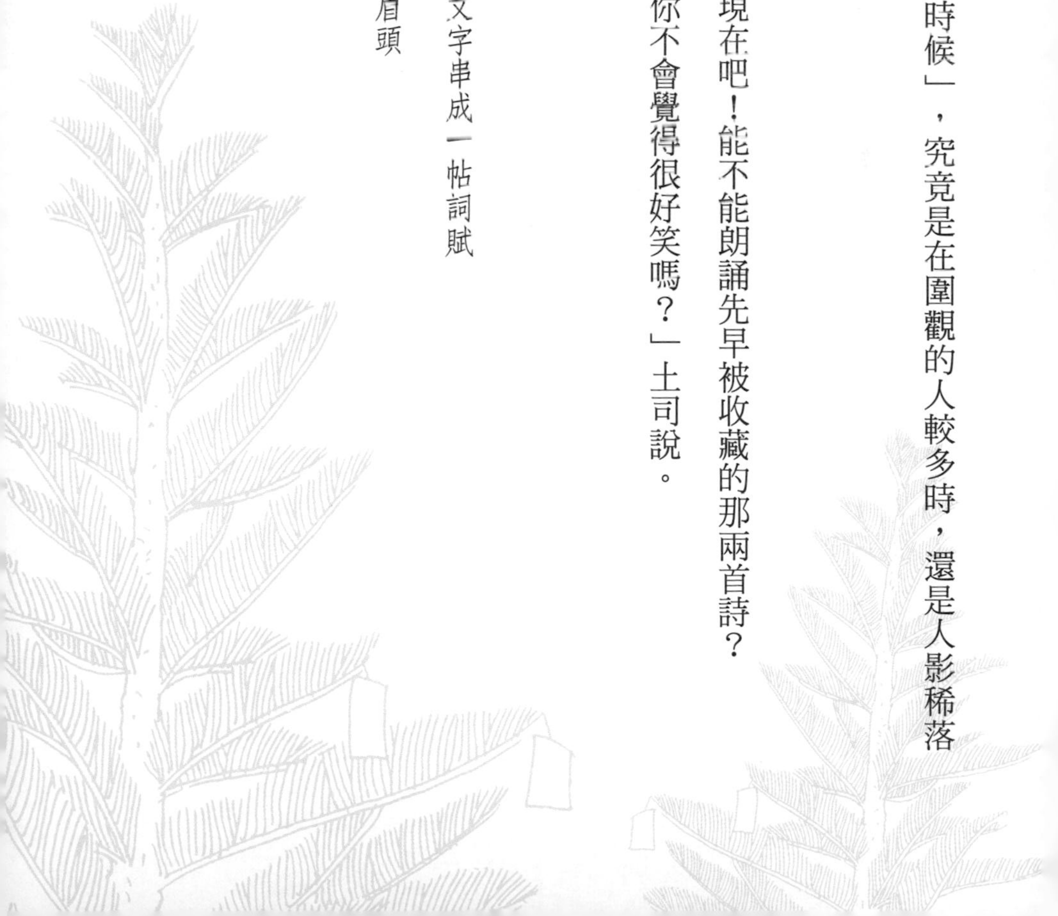

是否能說
昨日的年少　你已忘記
你的調侃太沉重
重如一片飄飄飛羽
你的推想太勉強
強如一條款款流溪
我們的愁千真如山
我們的情萬確如岩
而我們年少如同你遠走的當年
是山岩底裡一季忍不住的春

詩　我們的春之芽
是迎向四季的日月星辰　一株
努力冒頭的苗

這首詩有味道！取了什麼詩名？〈少年詩人〉，好。可惜那個「煙翳」太冷僻，一時不太能聽懂，能不能換一換？

吐司說：「來不及了。」他們文藝研習社社長還挺喜歡，特別是這個有點冷僻又不會太難的字。

那另一首詩，請朗誦：

思念是你走過的那條幽徑
千萬朵葉片　留著你的眼神

思念是你跨過的那座棧橋
流淌的波光　收藏了你身影
思念是你說過的每句話語
耳梢有微風　陣陣都是消息
思念是你坐過的每張木椅
年輪的紋理　保存你的體溫

每次分手　都是一次不捨　就像
從此再也不能相見　沒有明天

幸福是有重量的
輕如一座礦山　重如一粒明珠

在我們日日相會裡聳立　滾動
愛的極致　包藏的竟是傷悲
無來由
思念的底裡　竟是陣陣刺痛
無去路　唯有不捨

這首詩可曲折，取什麼詩名？〈青春之愛〉，好。可惜這樣的心理太微妙，只有愛過的人才能懂。尤其是幸福「輕如一座礦山，重如一粒明珠」，這倒反的比方太深奧，能不能再寫清楚一點？

土司說：「這已夠清楚了。」他們文藝研習社副社長覺得，這微妙正是妙不可言的詩情，也是原汁原味的少年之愛。

童老闆聽到土司朗誦詩，立刻從店裡提著錄放音機及音樂光碟出來。

「乾乾的朗誦怎行？這些音樂都是我精心挑選的，絕對可以和你的詩相配。

「跟你說一個好消息，剛才我給幾位忠實客戶打電話，通告他們『詩之樹』活動，有一位眼科醫師、幾位老師和他們的朋友，馬上會過來。」

「弄得太熱鬧，好嗎？會不會鬧出笑話來？」土司說。

「難道你還要冷冷清清的吹西北風？既然要辦活動，還怕熱鬧？特別是開張第一場，無論如何我們都要給它來個好彩頭！

「這兩棵南洋杉站在校門口這麼多年，誰對它們理睬過？根本就讓它們自生自長。幸好它們夠爭氣，長得健壯又體面，我鼓吹學生社團在校慶和聖誕節給它們打點一下、布置一下，讓大家記得它們的存在。

「我覺得詩和南洋杉都太不受大家注意了，這回讓它們結合，再加上最棒、最有情調的音樂，熱鬧一下。」童老闆說。

土司的詩究竟算不算好，就像這兩棵南洋杉得不得人喜愛，當然有一定的審美標準可以評價。此刻在這款別致的「詩之樹」下，「心動」和「看得順眼」似乎才是最好的評判。

土司主持的「詩之樹」，在揭幕的第一個上午，被摘下「八片翩翩詩葉」，也就是賣掉八首詩，這成果算不算太好？

少年詩人土司直說：「太好了。」他甚至覺得意外的好。

童老闆卻說：「平平。」他認為人氣還可以再炒熱一點。

但我以為「詩之樹」是一棵好氣質的樹，似冷猶熱的局面，未嘗不好。

我記得土司「被摘走的幾片詩葉」的佳句：

「你掌心的感情線細細綿延／不知哪一段屬於我／勘不破／只願這掌心常溫熱／熱在我心頭」

「來自地心的震撼／震傾了家園／撼毀了生靈／卻鞏固你我生存意志／凝聚了曾疏離的情感／大地的試煉太殘酷／往者請慢走／生者將奮鬥」

我也摘取了一片詩葉。這首題名為〈陶瓷雛菊〉的短詩，正巧也讓那位有詩情的眼科醫師喜愛。我早一步摘下，不讓，少年詩人土司又不肯複寫一首，他說：「這些作品都是海內外孤本，單件。」土司只肯再朗誦一次。

陶瓷雛菊不是花
是土與火幻化

原初的土與水　一攤渾沌
雙手掐捏的花瓣
是自然的形塑　意在形之內之外
這美麗　是美麗的意外
是胸中火熱　妙美的燒煉
愛菊人
莫忘　莫忘那冰涼裡的火熱

少年情懷不是詩
是眼耳鼻舌身意勃發
原初的字與句　一紙錯亂
雙手指使的詩文

是自然的刻畫　意在文之內之外
這美麗　是美麗的意外
是靈光交會　神奇的捕抓
愛詩人
莫忘　莫忘它平淡中的波浪

眼科醫師自選了〈波麗路舞曲〉，聆聽「詩與音樂的對話」錄音，並以三張紅色的百元紙鈔買走了聲音。

幸好，眼科醫師的「賞金」，在土司朗誦結束才掛上「詩之樹」（這是童老闆的主意，他說這像喜幛或野台戲場的「光彩」，是好事，沒什麼不好意思。街頭藝人演奏小提琴、豎琴，還以琴盒或帽子放賞金，也絲毫不俗氣）；否則少年詩人因驚喜而臉紅，而心跳加速，恐怕朗誦不出原有的詩韻了。

大葉山欖和蔥油餅香

你們第一次看見這麼雪白的麵粉。

這是你們第一次揉麵、擀麵，第一次學做蔥油餅。

在泰國北部的清邁城郊，一座被扶桑花高籬和大葉山欖樹林遮掩的鐵皮長屋，是你們集體逃亡後的中途之家。在燠熱的鐵皮長屋躲藏半個月後，你們終於說服時時擔心的高牧師，同意你們以四棵大葉山欖為亭柱，在長屋後院以青鮮的翠竹搭起這座涼亭。

我就在涼亭教你們學做蔥油餅。

被你們選中的這四棵大葉山欖，樹幹不及孩童的腰身粗，但長得挺直、長得健康。它們的間隔距離，不成正方，卻正好可撐起一頂別緻的菱形四邊形亭蓋；連同大葉山欖濃密厚大的青葉，足以招來涼風、遮擋夏日豔陽和急猛的午後雷陣雨。

能在這樣的涼亭教你們學做蔥油餅，連我這樣的異地來客，也能感受一種脫離後的慶幸，在危機的隙縫中享受到安詳的幸福。

那一支由幾位體面的中年男女，和一群流氓合組的人口販子集團，肯定氣壞了，肯定不甘心。他們相互怪罪誰誰看管不周，結論必然是：把她們統統找回來，一個都不少！把那個載走她們的人抓出來，給他嘗苦頭！

你們是一群勤勞、細心、純真又健美的山區女孩。你們堅持涼亭要有個亭蓋，亭內有一張長桌和兩排長椅，就算不能找到芳味沁人的香茅草來覆蓋，至少也得有怡人的翠竹清香，就像你們在泰緬中邊界的內山老家，那樣的基本造型和氣味。

儘管那是封閉的山區，困苦的老家，是人口販子和罌粟販子時時來欺瞞誘引的老家；而老家畢竟是老家，特別是一個回不去的老家，那些在困苦中的些許喜樂，加進了時間和距離，居然也成了與日漸濃的紀念。

就是紀念，掛記和想念。

掛記於人，想念十三年、十五年來生活過的每個日子。這紀念無關好壞、對錯和美醜，就是紀念。這紀念的思路有不堪太深入，不忍太遠離，不容太具體，也不甘太模糊。

想來想去，你們只好合力搭一座有點像又不太像老家的涼亭，聞一聞少了香茅草氣味的青竹涼亭，作為飄渺又真切的託寄；所以你們堅持要這麼搭起來。

這涼亭的所有材料，是你們在一個天色未明的清晨合力採來的。

高牧師的全功能吉普車，因為你們創新了兩項紀錄：

上次，這輛吉普車將你們從那座廟宇的寮房接運出來，十七個人擠上一輛吉普車的超載紀錄，希望再也沒機會打破了。

那夜的逃亡過程，究竟怎麼樣？高牧師笑說：「就是很靜，加裝滅音器的排氣管超靜音。她們出門、坐車都很靜，人和車子在山路也很靜。」我真想聽聽那是如何靜音。

這次，你們的六人代表為涼亭砍伐的竹竿，探出吉普車的車頭一個車身，又伸出車尾一個車身，創下這吉普車載運過最長的紀錄。

為什麼不在現場把青竹截短？高牧師笑說：「她們說長支的青竹好用，一定要這樣，搭涼亭哪需要這麼長的竹子？原來，她們還想搭秋千！」

大葉山欖和翠竹涼亭相互搭襯，別緻而一致；隱蔽幽深卻又有清朗的視野，特別是扶桑花高籬外的動靜，一眼就能察見。

你們摘下大葉山欖的闊葉，將竹竿編紮的長桌隙縫填平，鋪上一塊塑膠桌布。也是竹筒做成的擀麵棍，在這樣的長桌滾動，擀出來的麵皮，又勻又圓，絲毫也沒走樣。

蔥油餅是一種材料簡單、學做容易又美味可口的麵食，幾乎是中國北方人的家常主食或點心，對於你們熱帶國度的兒女，卻是一道新奇的食物。

說它學做容易，其實要做出一張層層薄皮、鬆脆爽口又帶咬勁的蔥油餅，還得有一雙巧手和用心。這你們都具備了，再加一份歡欣的興致，油煎後的蔥油餅，肯定香氣撲鼻，每一口都讓齒頰滿意，鼻舌都舒坦。

你們還不時問我：「好吃嗎？真的會好吃嗎？」就像對於未來美好的日子，雖在這之前已用心費神的努力過，仍然不敢樂觀期待，心頭總被一塊懸浮的烏雲籠罩住，只能猶豫的反問自己，探詢他人。

攤平的麵皮，抹上一層蔥花、鹽、油，輕輕捲成一條長筒，將麵皮長筒緊緊盤繞成螺旋圓餅，再以擀麵棍推成厚薄適中的餅皮，就可以下鍋油煎了。

麵皮的厚薄，蔥花、鹽、油的多少，和擀麵力勁的輕重，當然也有講究；就像熱油的火候和餅片翻面的時間，都得調控。但這些細微又要緊的小程序，儘管也可言說，卻不如臨場觀察或親自操作更能體會。

即便是落難的少女也是愛笑的。

你們不時瞄看高籬外的小路，諦聽每個可能的聲響，探查每個可疑的人、車。每當有人突然凝神傾聽或靜止張望，你們都會收斂談笑，揉淨沾滿麵粉的雙手，靠攏在一起，彷彿隨即要往後院的山丘逃跑。

但這麼聽多了、看多了，你們的動作，居然像期待某種驚恐的變故發生；尤其在這些傾聽和張望之間，你們談起什麼，都笑。這綿密的笑和突來的靜止，再三反覆串成一氣，於是都變得虛幻不真。

年少是一季忍不住的春。

在這青春年華遭受的苦難，因為青春，對於怖畏傷悲也有了不同的應對；因為來日方長，所以有了從容。

你們提起這次離家，過程大同小異。常有的期待願景和怯惑無從，當你們被人口販子從不同的山區集中在一起，在荒廢的廟宇「轉運站」裡結識後，十七個青春生命交集，也能很快的察覺事情詭異。

你們不確知被送往湄公河畔大城後的命運；但憑年少的天生清明，從那些針筒的注射後，對發育中的身體產生的急速變化，你們知道，未來的工作不會和那些體面男女在山區老家的允諾相同。

你們沒見過真正的雛妓、愛滋病患者、和二十歲的蒼老女人、以及通宵達旦的鋼管舞蹈和保鏢的長鞭；但你們從荒廢廟宇張貼的男女裸照，和看管你們的男女流氓竊竊交談的嘴臉，以及動手動腳的德性，你們預感了一件陰謀正在進行。

內山曲徑，叢林孤廟，少有人、車往來。從監禁寮房小小的窗口望出去，山外有山，林外有林，比星光晚了好久才露臉的日頭，每天在窗口正前方升起，那是東方，但逃脫的方向在哪一方？

負責看管的男女流氓不和善，其實也不算太凶惡；只是陰陽怪氣，神出鬼沒。有時大半天沒見到人影，有時又像榴槤，不時都能聞到他們的氣味。他們總有鬆懈疲倦的時候吧，但誰知那是什麼時候？

華語說得不生澀的阿曼，人的模樣也大方，這時卻羞答答的說：「又不好意思問他們，你說對不對？」

大葉山欖下的翠竹涼亭，揚起一陣爆笑。你們知道，尚未完全脫離險境的人，不該這麼張揚的笑，又緊急煞住！被你們的笑聲揚起的雪白麵粉，卻蓬蓬然的收煞不住。

靜止中，一陣風，大葉山欖的闊葉摩挲作響。翠竹亭頂扔了幾粒石子，喀喇滾動，我們都嚇了一跳，來不及觀察這些石子來自何處？表示什麼意思？我們抬頭隨著石子滾動的方向凝望，傾聽跟蹤者的步聲。

阿曼膽大跳出亭外，高舉雙手，彷彿要和神祕的跟蹤者決鬥一場；而是必勝的一場，以保護大家的安全。

我們追隨而出，卻看她一連接住三顆熟黃的山欖果子。她喜孜孜的笑著，你們也跟著笑。

橢圓又雙頭尖的山欖果子，皮薄纖維多，核大果肉少，也因這樣，那麼摔落滾動，還能皮肉不傷的保持原樣。阿曼當場咬了山欖果子一口，她的鼻子、眼睛忽然皺成一坨。這種滋味，沒嘗的人也受到感染，也給酸澀得伸長脖子，猛嚥口水。

熟黃的山欖果子，怎會酸澀成這程度？

阿曼自己又招認，說：「不要只看樣子，就跟著害怕。沒這麼酸、這麼苦啦，只一點點澀，有很多甜，」

她笑說：「它像什麼？不知？不知？這山欖果子就像我們，是在野地無人看管的長大，成熟後會掉在誰手裡，也不知。」

「什麼意思，聽也聽不懂，我們樣子有這麼醜嗎？」

「沒這麼醜，也瘦得差不多了。只有上次在廟裡被打針，才突然膨起來，山欖果子變成青檬果。」

「啊！說成這樣子，你還不怕、臉不紅啊！」你們竊笑，大叫。

落難少女也有苦中作樂的權利，特別是在詭異的險難過後，無論如何都要把握這權利。

在那座內山孤廟的寮房，多虧阿力早起，她愛眺望又有一對好眼力，是她發現趕著晨露消褪前來山裡挖採竹筍的夫婦，請求他們將寮房的消息傳下山。

一件事的完成，都是許許多多環節順利組成的，其中一個環節出岔，過程便換了調，結果也會變了樣。

正巧那對年輕夫婦夠機警，識字又熱心。他們摸索到寮房窗口，看見你們一群少女，取走了求救字條，三傳兩轉，交到了高牧師手裡。

假若他們不機警、不識字又不熱心呢？那張字條落到看管的男、女流氓手中，你們將會有什麼更悲慘的遭遇？

儘管挖筍夫婦順利取走字條，只要他們想到自己的謀生地點離監禁的寮房這麼近，拯救陌生的女孩卻危害了自己的身家安全；只要他們稍一猶豫，打消了救人的熱忱，或他們對外求救的行動耽擱了幾天，人口販子在都市的種種安排已妥當，又將你們運送下山。

假設高牧師不在教區、不想管是或無力救援呢？那張字條給了警察、記者、村長、婦女協會、路人甲或另一幫人口販子集團，你們的遭遇又將如何？

儘管高牧師有愛心又有行動力，他單獨一人駕駛吉普車入山救人的計畫都很完美，只要吉普車在寂靜的山路發出「超標準」的聲音，揚起土灰；只要你們挖開寮房洞口的工程露出一點痕跡；只要你們逃離廟宇寮房的速度稍慢，甚至有人跌了一跤而驚叫出聲；只要負責看管的男、女流氓，有一個人的精神旺盛；只要打破超載紀錄的吉普車，在下山途中出了一點小狀況，高牧師連同你們又會有什麼遭遇？

「吉普車沒開燈，月亮好圓好亮，這麼亮的月光，天上還有幾顆星星。我們很安靜的下山，沒有人攔住我們，連一隻兎子、一頭山羊也沒，」阿曼說：「那時候，我想了好多好多……」

都想些什麼？

「想哭。還有，好想謝謝挖筍的農夫和他太太。他們每天天不亮就來偷看我們，教我們不要變樣子；他們每天把我們挖出來的土帶走。逃跑那天，他們還來帶路，幫我們做信號，不知以後還能不能見到他們？還有，那些人會不會懷疑他們，那些人會不會去老家算帳？還有……大家不要只看我的樣子，就跟著害怕。」

山路的濃密樹林遮住了月光，但也保護了你們逃亡的路線。高牧師始終不願詳談他一手策畫和執行的救援計畫，即便這行動已階段性完成。

他頂多只說：「時間很緊迫，知道的人愈少愈好，路線要做同時段勘察，需要有人接應，請人去帶她們出來，我去給那些人的車子修理得不能動，」他說：「這件事，未來還有很多事要做，我還在想該怎麼辦。反正那天很靜，很順利，靜靜的很好。」

你們說，山路很暗、很顛簸，暗暗的很好。來到這中途之家，天色剛亮，你們一眼就看上了這裡的扶桑花高籬和大葉山欖樹林，覺得很安全；但又不放心那對挖筍的夫婦，希望他們也能跟出來，又不知他們跟出來能做些什麼？怎麼維持一個家？這裡儘管是個安全的中途之家，畢竟不是永久之家，這裡只是個庇護的過站，似乎還不受法令保護，似乎還有被人口販子集團侵害的疑慮；甚至「擋人財路」的高牧師也自身難保。

你們終究要走出自己的路，走出一條能夠保護自己人身安全的路，走一條可自立謀生的路。

你們終究要有自己的永久之家，一個讓生命尊嚴不受踐踏的家，一個讓親友都能心安的家。

我教你們學做蔥油餅，可以為你們避難的日子打發苦悶的消遣。當你們學會這項簡易手藝，蔥油餅可以是你們未來的家常點心，也可能是你們謀生的手藝。在你們的熱帶國家，蔥油餅還是個挺新奇的可口食物，說不定對了胃口，你們的生意還會興隆。

教你們學做蔥油餅，只是表達一位異地來客對你們脫險的祝福和慶賀，是對你們未來生活的鼓勵和提醒，讓你們更有勇氣抵擋燈紅酒綠的皮肉生活的誘惑。在蔥油餅層層疊疊的薄片中，嘗到生活簡單而芳香的滋味。

也許，它也可以作為我們相互紀念的信物吧？

你們為什麼喜歡扶桑花？

豔紅的扶桑花滿地生長，它強勁的生命力，有時還討人嫌，講究的人家竟不願讓它們種養在院子裡。

你們說，就因為扶桑花耐寒、耐熱、耐溫又耐旱，隨處都可開花，在你們不同的老家，相同的都長了一大欉，你們沒理由不喜歡它。

為什麼又喜歡這裡的大葉山欖？

大葉山欖的林相，算不上高大俊美，儘管它也長不少果子，但酸澀、甘甜兼有的果肉，一般人也難嘗出喜愛的滋味。

你們說，這種樹長得不矮，又不會高得嚇人；它不會太瘦，也不會壯得爬不上去。

阿曼說：「我從小就喜歡爬到這樹上東看西看，看得好遠。啊，樹上好涼。這次我們去砍竹子，我不想砍成一節一節，就是想到大葉山欖架樓梯，每棵樹上都搭一間小竹屋，可以看得好遠好遠，說不定可以看到我們的老家。不要笑！」

樹上屋的樓梯，也用不了幾支長竹。

「我們好想再綁一個高高的秋千。你看過我們老家的秋千嗎？全都是用竹子和麻索綁的，可以盪得好高好高，可以盪出好聽的聲音，我們都是在這樣的秋千上盪大的，我真的好想再搭一個秋千，你知道我們的心情嗎？」

不知我推想得準不準？

我以為，不論你們喜愛的扶桑花、大葉山欖、樹上屋或竹編的秋千，對於它們的喜愛，還不只是它們多麼美好或有趣，而是它們一齊指出了一個方向，那就是老家。真正讓你們掛記和想念的是遙遠山中的那個家，一個在可見的未來，回不去的家。

我們在翠竹涼亭，做了一百八十張蔥油餅。

我們既分工又合作，每個人從燙麵、和麵、揉麵、擀皮、壓餅到熱油、煎餅，學到一張蔥油餅端上桌的所有程序。這大半天的工作，與其說忙碌，不如說熱鬧；與其說喧譁，不如說好玩。

我想，就憑你們這樣的聰慧和學習心，台灣一家知名電腦公司即將運送來的汰舊成品，你們也會很快的學好打字工作。

高牧師將這中途之家，設在偏僻隱蔽的大葉山欖樹林內，我們都能明白他的用心。你們在避難、等待的日子，所有的苦悶、憂煩、掛念和盼望，誰也能夠想見。

高牧師希望這裡能提供安全、健康和學習，你們避過苦難、避過風險，這中途之家只是你們人生中的一個小小過站。

我們在林相平凡的大葉山欖樹下，享用香酥蔥油餅，搭配沾了黑醬油的山欖果子，這麼特殊的滋味，是我第一次嘗到的。多數的蔥油餅做得層次不明，油煎的火候也失去準頭，不是太焦，就是太生，我們卻吃得開心，嚼出了它最道地的滋味。

高牧師終於答應你們，在大葉山欖間搭一架青竹和麻索紮的秋千，他說：「要搭秋千，就搭牢固一點，搭一架聲音小一點的。我也好久沒盪秋千了，不知還能不能盪得起來！當你們平安的離開這裡，在更好的地方得到平安喜樂，我盪不高的秋千，還是有很高的紀念。」

山櫻花和墨香春聯

山城大街的名號，叫中央路，叫起來氣派得有些嚇人；其實山城的市集街路不過三條，這大街再大也只雙線道。

它居中貫穿山城，因沿路有市場口、農會、電信局、銀行、茶行、銀樓、服裝店和餅行，鄰近二十里內的鄉民，少不得要來這裡買賣、辦事。

它討了這方便，熱鬧些；討了這便宜，給取了氣派名字。一條植有山櫻花的街路，再氣派也有三分嫵媚，特別是隆冬的新春時節，它瘦稜稜的枝椏，綻放一簇簇山櫻花，滿街招展。

中央路的熱鬧，於是更見山城的幽雅；颯颯寒風的中央路，於是有了迎春的喜氣。

山城鄉民的生活型態，樂以保持許多相因成息的傳統：不管老茨或新屋，門斗或窗框都預留春聯張貼的位置。過年不貼春聯，哪有年味？不管街路連屋、村落農舍或散庄獨茨，新桃換舊符，至少討個吉利。

山城大街的迎春氣象，有兩排盛開的山櫻花應景，再就是山櫻花間懸掛如書法展覽的春聯，展出了紅紅春意。

買春聯，少有人在這攤買一副門聯、那一攤買幾張「春」、「滿」或「六畜興旺」，多數人都在一個攤子一次買齊。

選購春聯的人，不管識字多少、不管門道深淺，照這山城相因成習的傳統，每個人總要從街頭走到街尾，一攤攤的看，看懸掛在兩棵山櫻花間，迎風飄展的紅紙上，那些亮金字、墨黑字。看個有始有終，再踅回早已看中的那一攤，說：「這一副給我包起來。」

選購春聯的人，極少愁著　張臉。有人神色比較沉靜，那是專注，就像欣賞書畫展，即便有人皺眉偏臉，無非也是用心；至於掀鼻子，邊走邊聞嗅的人，多半是貪愛櫻花清香、墨汁松香和紅紙拂搧的芳香，以及迎春的幸福。

人們憑什麼標準選購春聯？字體、涵義、紙質、價格或攤子的位置？

他們三兄弟提早返回山城過年，才一天工夫，便把老家內外打理得清爽。這提早和趕快，一不小心便提得太早、趕得太快。想想，兄弟結伴來逛大街，看熱鬧，打發平白多出來的時間。他們也在春聯攤子一家看過一家。

這三兄弟分別在外鄉的高中、師範學院和大學就讀，都外宿，一年難得幾次團聚。巧的是，三兄弟各在一方卻都愛讀書，能寫幾個字，還有點文采。巧不巧，又代表學校參加過國語文競賽的作文、書法、演講什麼的，平日也敢古詩、新詞胡謅一通，自娛娛人。

近五年的自家春聯，都出自三兄弟分工合作，從裁紙、調墨、做對子、書寫到張貼，全套作業不假手他人。

一套準備工夫，若只為一副春聯，似乎不划算，主要是不過癮。那些構思、試筆的對子何只八、九副！既然開筆，何不多寫一點，分贈親友，讓祝福和文采都有個去處。

這五年操練下來，三兄弟聯手寫春聯，自以為寫出了心得。他們行春到各家拜年，站在人家門口，不忙道恭喜，先對當頭的門聯品評起來。有時還朗誦出聲，試試音韻和對仗，外加意涵境界高下，一併給予審查。

說他們寫出心得、寫出自信，不如說是旁觀者輕鬆，「看人挑擔不吃力」的成分大些。

這一年他們又結伴逛大街，注意力全放在山櫻花間的春聯攤子，也是自然的。他們從街頭到街尾，又從右到左繞回來，跟著選購春聯的人一攤攤觀賞。

看字體、看布局、看意境，能讓他們看上眼的居然沒幾副字；可怪的是，這些白寫的或寄賣的春聯攤子，居然攤攤忙收錢、找錢，可說是「生意興隆通四海，財源廣進達三江。」

在花朵綻放的山櫻花間展現才藝，又能發財，這款美事若能順利，這一年非但不必伸手接壓歲錢，還可生平頭一遭發放小紅包，給大家添喜氣。

三兄弟當下決議：這事行得通！

紅紙、毛筆、墨汁、金粉和松香油都不難取得，那些桌椅扛抬的事也不成大問題。問題是臨時起意，山城大街兩旁能擺攤的位置，早給擺滿，這其中似乎還有個什麼規矩或默契，不是單純早來晚到的時間次序；若想挨擠個位置，該找誰問去？

他們在山城大街又走了一趟，居然發現一處超級大空地。這空地寬敞，位在大街中段，路人很難不經過這裡；而且從路溝內縮了一丈，極具揮灑空間，最美的是五棵山櫻花給養得高又壯，櫻花開得特好。

誰這樣好心，把一塊福地預留下來？

在空地旁擺攤的老先生說：「這銀行經理架子可大了，不准誰在他門前擺攤的，說總行規定，安全問題。有錢就跩？銀行的鈔票還不是他的哩！我們不來存錢，銀行自己會印鈔票？」

銀行門口提款和換新鈔的村民進進出出。三兄弟的老大，不愧是國學研習社社長，常和教務長或總教官打交道。他帶領兩小弟直接求見銀行經理，固然是展現大哥氣派，展現大學生的歷練，其實他心中沒三分把握。

銀行經理看三名毛頭小子直闖辦公室，先給他們氣勢嚇楞了一下；他從業三十年，頭一遭接待這款規格的客戶。他引導三兄弟入座、奉茶，靜聽大哥說明來意：擺春聯攤子需要位置。提升春聯文化內涵。賺取學費和發放小紅包給另五名弟妹。徹底維護空地清潔。加強銀行門口安全。監視不法行動。任何損壞照價賠償。最後表明是銀行保險系學生，本鄉土生土長子弟。

銀行經理隨即裁示：

明天除夕早上開始擺攤。不可妨礙客戶進出動線。年初五前不論擺不擺攤，三兄弟都得每天在銀行門口守衛八小時。一切以書面為憑，詳寫姓名、住址、簽名蓋章。為祝生意興隆、財源廣進，本行提供三張長桌和三把旋轉椅。

這洽談前後不過五分鐘，三兄弟便取得了山城大街最佳的春聯攤位！

「機會是爭取的，好運是創造的，性格決定命運，」大哥告訴兩眼射出崇拜之光的小弟，他說：「我們打拚吧！」

三兄弟便在山城大街添齊了紅紙、墨汁、金粉和松香油，他們掏光身上所有錢，還賒欠文具店老闆一千三百元。不熟識的老闆，對他們的創業有信心，慨允收攤後再來結帳。

「兄弟同心，其力斷金」，他們的春聯攤子起步已晚，唯有奮起直追，才可望「提升春聯文化內涵」，在山城的春聯市場創下佳績，「賺取學費和發放小紅包」。

他們以最快速度趕回老家，沸沸揚揚分工又合作：裁紙、調墨、翻查《春聯集粹》，選定後院柴房為工作室。大哥擔任主筆，老二權充文膽，小弟生性機靈、身手不凡，最適合跑腿幫辦。這種忙碌勁，若在額頭加繫一條「必勝」頭帶，心志便顯現無遺了。

他們的父母、叔伯和堂兄姊、弟妹們，從沒見過春聯營生這套預備工作。一家人忙辦年貨、殺雞、宰鵝、炊粿、攪年糕，原本想拉這三名壯丁當人手；但見他們構思、揮毫、晾紙、討論，忙得沒空暇抬頭，也就算了。

家人輪番來柴房探工，竟不敢喧譁，彷如看見即將進京趕考的書生，正作最後衝刺，多問有的沒的，怕會壞了他們的功名。

他老爸看柴房照明度不理想，主動找來延長線和兩具枱燈贊助。他對這項創業營生沒表示口頭支持，只說：「莫寫太久，起來走走。」

最懂事、最值得嘉許的是他們的五名弟妹。當他們聽說春聯的淨收入和小紅包有密切關係，小紅包的流向和他們的「恭喜發財」有關。他們來柴房工作室探看的腳步，何只不吵不鬧，根本是有教養極了；他們輪番遞來麥仔茶，以及剛起鍋的菜頭粿、發糕和年糕，表現真是可圈可點。

春聯創業，僅獲如此默默祝福和深深期待，這氛圍就夠三兄弟窩心。

這家老二的文采向來不差，而且對創作有過人偏愛。他不贊成多量引用《春聯集粹》的現成材料，用多了，這和大街那些讓人看不上眼的春聯又有什麼區別？又怎麼「提升春聯文化內涵」？

創業春聯，這得花多少功夫，用多少腦筋？

大哥說：「先找幾副不俗的對子墊底，你那創意春聯寫幾副當『看板』就行，其他的到現場再發揮，也可以接受客戶特別指定。」

他說：「我們那攤子會不會太誇張？五棵山櫻花有四個間距，那要掛多少副春聯才掛得滿？」

沒攤位煩攤位，有了絕佳場地怎好嫌東嫌西？

老三粗略一算，一副春聯掛一尺寬，五棵山櫻花至少得四十副才像個起碼門面，還有銀行經理提供的三張長桌，不知有多長，少說也得準備三十副才不冷場吧。

一副春聯加橫披，以二十一字記，這半天一夜得寫一千四百個大字，這還不包括春聯搭配的那些「春」、「滿」和「六畜興旺」。

這得寫到什麼時候？

三兄弟從近午踏入柴房，直到第二天拂曉才出關。可敬可畏的是，他們不但沒顯疲憊，仍走路有風，又隨即收拾水墨甫乾的春聯，提早出發。

是什麼趨力支持這麼大的勁？

他們老爸說：「年輕人就是年輕人！」

老媽塞來幾張鈔票，說：「人是英雄，錢是膽；人是鐵，飯是鋼，幹活要吃飽。有生意、沒生意，身上也要帶錢好吃飯。」老媽的俗話組構，意思到位，也難說不是一種創意。

喝！滿街春聯攤子都擺出來了，看來還不只擺了一會兒，更奇的是，天色剛亮，滿街選春聯、辦年貨的人竟都精神得很，是鄉人都習慣早起？

三兄弟來到現場，想起銀行到九點才開門，這時，找誰去搬長桌擺攤？

「沒事，先把放在五棵山櫻花中間的春聯掛上去，大不了我們先擺地攤！」小弟即刻動手。他們牽線、掛夾春聯外加吆喝，把新攤開張的氣勢，硬炒出風火沸揚。

三兄弟的春聯攤子就地開張，一位禿額的中年顧客上門。他瀏覽懸掛在五棵山櫻花攤間的傳統春聯，又巡視地攤一排成品，不選購，說：「這字寫得好，批來的？」

「不，自己大膽寫的，有沒有中意的？」

也許這儒雅的中年人不信，也許他真想要一副與眾不同的春聯，或許他想考考三兄弟的文采。他掏出一張紙，紙上寫了一串名字，「問過幾家，沒人能寫，你們兄弟可以試試嗎？把我們五兄弟的名字組成一副對子，把我父親的名字寫成橫披。」

父親名石松，五兄弟叫慶祥、慶文、慶堂、信忠和信雄。春聯攤子剛開張，就遇上這樣的顧客，若一口答應，得傷腦筋；不接，又彷彿給人拆了台。

大哥和小弟還猶豫，老二卻回說：「行，不過這春聯價格得高一點。我們也不知怎麼收，反正您再去別處逛逛，一小時後回來拿，看得滿意，隨您給。」

「很公道，這基本規矩我懂，」中年人又說：「我家新建了一間戶外廁所，廁所也是家的重要所在，想貼春聯，不知你們能不能也順便寫一副完整的？只要意思到就行，沒特別要求。連同大門春聯，我給五倍潤筆費，不知會不會失禮？」

廁所也貼春聯？

這可從沒聽過，更別說見過，即使《春聯集粹》也沒收錄「這麼重要所在」的應景春聯吧？

這中年人不是普通儒雅，他的「順便」和「沒特別要求」也不是普通輕便。老二居然又一口答應，接了！

除夕難得不冷，這天，冷得更厲害。大哥顧攤，小弟跑去買早餐熟食，老二抓了紙筆，坐在銀行大門的石階構思。

五棵山櫻花開得真好，早發的花瓣隨風飄落，枝頭的一簇簇花朵迎風綻開。這花樹景象和老二構思的創意春聯無涉；但繁花似錦的吉慶文雅，花瓣飄落的瀟灑自然，又彷如和人生的意味相關。

他仰頭觀看、低首構想，將他們一家男人的名字，組成這樣一副春聯：

慶得吉祥滿堂文質宗門
信守忠孝傳家雄和鄉里

橫披以老先生的名字拆解為起頭和結尾：

石如故磐青如松

這副春聯不知好不好？不知能否讓中年男人看得上眼？暫不管，他請主筆的大哥隨即揮毫，以便晾乾。他又構思出會自己也莞爾的「廁所春聯」：

觀瀑聽泉淙淙匆匆沖
出恭解放坨坨鬆鬆送

橫披是亦莊亦諧的：

兩股春風一股通

買回燒餅、油條和熟食的小弟，睜眼一看，大笑：「看不出來，你還真會寫。我覺得不錯，說不定我們可以賺得五倍價錢。」

中年男人準時在一個鐘頭後回來。兩副創意春聯的水墨已晾乾，但墨香猶濃，濃過五棵山櫻花。

他細細閱讀，輕聲誦念了三遍，問說：「你們真的是本鄉子弟，拜過哪位老師？」

「可以嗎？」小弟問道。

「甘拜下風。」

三兄弟趕忙捲包這兩副春聯，又配搭了些「春」和「滿」。儒雅的中年男人掏出三枚嶄新紅包，各放一張嶄新的五百元大鈔，發壓歲錢似的交給三兄弟。

「太多，超過五倍價錢了。」小弟說。

「恭喜發財，歡喜就好。」

三兄弟新開張的春聯攤子，擺到大年初一上午，是山城大街堅持最久的一攤。這「堅持最久」的話是小弟說的，他說：「我們最晚開張，當然要最後結束，表示我們堅持最久。」

堅持最久又表示什麼？

他們的春聯還滿掛在五棵山櫻花間，連同長桌上的滯銷品，足足有六十幅。清點業績，這一天半總共賣出十二副。

三兄弟實在想不通，他們的作品，論字體、涵義和布局、創意，哪一點輸給人？論價格也只是公定時價；但銷售業績不如右鄰的老先生，更不能和左鄰的胖婦人相比。

最奇怪又氣人的是，他們這一攤的觀賞人潮沒比別攤少，一些看似眼力不差的人，也不吝讚美，可掏錢選購的人，就這麼幾個。

到底什麼地方出了問題？

是銀行門口犯沖？是場子太大像獅子開口？是親和力不夠？還是春聯的選材太清雅？

幸好有那中年人訂購的創意春聯，給的三枚紅包挺住，他們沒蝕本。還清了賒欠文具店的一千三百元，還結餘六百以及六十副春聯。他們將結餘款分裝十二枚小紅包，補送給自家弟妹和堂弟妹們。

三兄弟依約每天一早來銀行當守衛，直到大年初五。

三張長桌就擺在大門石階前，那銀行經理拎了一大袋糖果，說：「有人靠近，就招呼他們吃糖，代表本行跟他們說：『恭喜！恭喜發財。』這場地明年可留給你們使用。」

這家老二當守衛，也沒讓自己閒著。他自備紙筆塗塗寫寫，寫的都是創意春聯，是《春聯集粹》上沒見過的，還似乎寫得挺開心。

「寫這麼多幹麼，明年還來擺攤？」小弟問：「剩那麼多春聯，怎麼辦？」

「明年早一點送人，賺歡喜。」大哥說。

從年初一到年初五，山城大街道冷清得不得了。不知那些出門的人都到哪裡去了，窩在家裡不出門的人又幹什麼？幸好，有滿街的山櫻花撐著，撐出一種幽雅和喜樂的氛圍。

三兄弟是誠信盡責的銀行臨時守衛。他們讀書、吃糖、寫作、招呼、看花和聊天。他們合算這次春聯創業的贏虧，總結是賺了：賺得練習書法、賺得了創意動腦、賺得了拋頭露面的勇氣、賺得了「生意子難生」的體悟、賺得了賞花、賺得了「機會是爭取來的」經驗、賺得了家人的另眼看待、也賺得了兄弟團聚的歡喜。

小弟還追問：「明年到底還來不來擺攤？」

「不是說好了嗎？那些春聯送完，我們就來。」

「好啊，那就早點送，我們明年早點來！誰怕！」

大王椰子和末日之橋

這海灣的潮水緩緩，推岸無波，宛若一泓潭、一池湖。海濱的大王椰子像一群來吹風納涼的人，挺立的、傾斜的、蹲坐的像看海，也有的大王椰子乾脆涉足海水，泡它個半身透涼。

椰子林裡伸出一條鬆垮垮的木棧，木棧探過海灘斜坡，變成一座給兩人錯身而過的木橋。木橋迤邐向海，曲曲折折，漸去漸細小，彷如沒有盡頭。

這樣的木橋，是漁人碼頭，漁船繫泊和觀覽長橋，也是黑皮和他的少年伙伴拚膽氣的祭台。

祭台？

他們以奮不顧身的青春血氣為祭禮，以縱身飛躍海洋為儀式，以大王椰子、長橋和海天為祭台。一代代傳習的海灣少年，在這裡祭告碧海藍天、祭告生命的成長。

這棵浸涉海水的大王椰子，彎曲成階梯狀，或像一張高腳椅，胖壯的樹基是椅腳，樹身是椅座，樹頂是高高的椅背。

大王椰子原該高聳挺直。

想來是這海灣各世代的少年，一再攀爬，以青春歲月合力將它塑造成這模樣。

「高腳椅大王椰子」橫跨過長橋，樹頂懸空在海洋上。「椅背」的最高點，離海面有十公尺高。黑皮和他的少年伙伴攀爬上來，選擇一個合適的高處，縱身飛躍，落入海洋。

有膽氣飛躍入海，又順利潛泳上岸的少年，才有資格站在長橋上，和人站成一排，仰頭對接續躍海的少年吶喊：「跳就跳，猴子跳！跳就跳，海豚跳！跳就跳，神仙哎哎叫！」

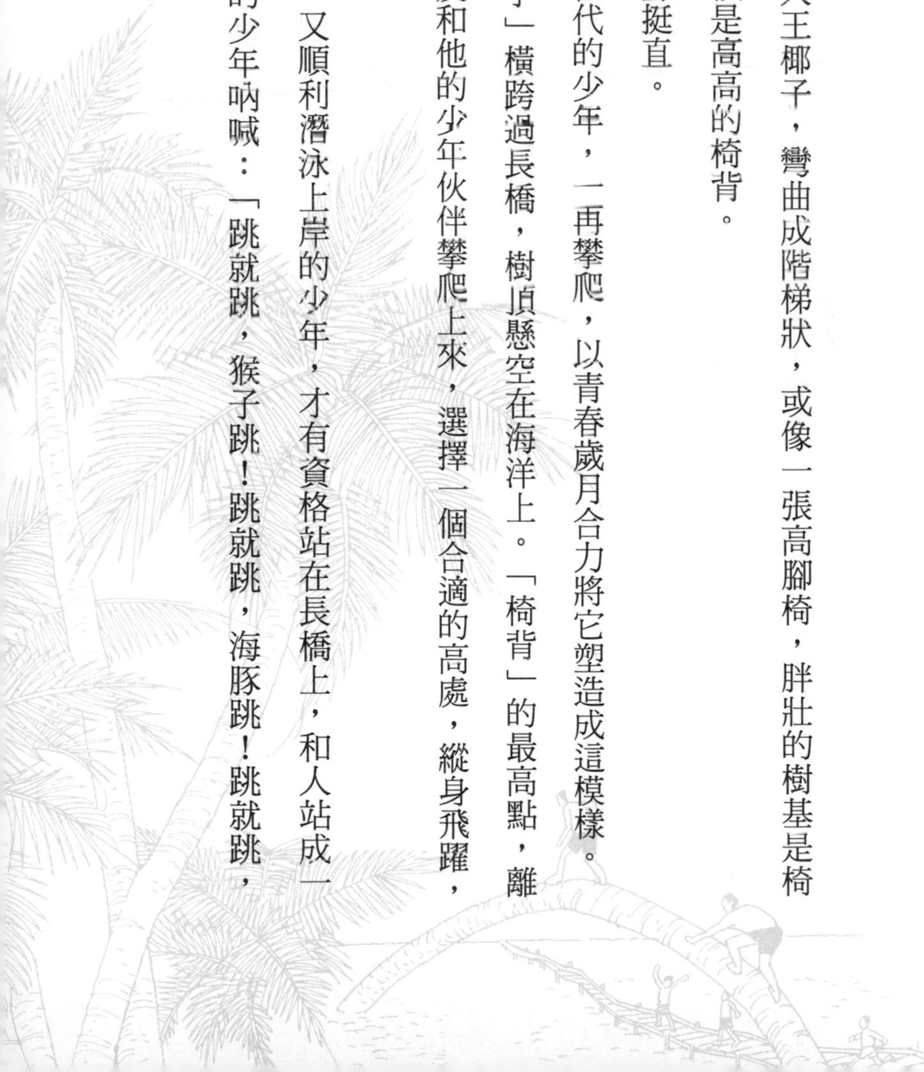

沒資格上橋的少年，只能在沙灘遠處觀望。他們當然也能喝采助聲威，湊熱鬧。他們懂得規矩：攀得愈高；飛躍得愈遠；姿勢愈優雅，潛泳夠久才露頭的人，給予他們最有力掌聲，最熱烈喝采，依次類推。

他們沒資格上橋，沒資格喝倒采，即便有人攀不高、飛不遠、姿勢又難看，也得給予鼓勵。

黑皮是今年夏季的跳水大王。

姿勢高、遠、雅、久，無人比得過。他攀爬大王椰子的快速和縱身躍後的連續滾翻，連前輩們也要歎服。

特別是黑皮圓滾滾的體型，用在相撲摔跤可能更合適。他來爬樹、跳水，居然跳得好，跳出花樣，在大王椰子頂上跳出了大王氣派，這可罕見。

記性不差的海灣前輩，認定黑皮是最重量級的好手。也確信這棵階梯式、高腳椅形的大王椰子，能承受胖壯的黑皮到樹頂蹬踩，它是海灣最強健的一棵樹。

海灣少年以凌空躍海為儀式、為祭典，究竟要證明什麼？

少年們在海水和沙灘交界的長橋木板上，坐成一排。他們大笑，笑得一頭水珠飛濺開來。有人說：「都是這樣，好玩嘛！」、「一定是外地人，才會問。」、「男子漢，勇，好玩又勇！」又笑。

問黑皮為什麼要一跳再跳？

他已經站上這棵大王椰子最高點，儘管是一棵原該挺直卻彎曲的椰子，它的樹頂，畢竟還是海灣少年的青春祭台最高點。反覆的儀式，成了一種樂趣。

黑皮說：「知道這條橋的名字？」

他不回答這可惱、可疑或可笑的問題。

「不知道吧？告訴你好了：末日之橋。」黑皮說。

彷如沒盡頭的長橋，總有盡頭。

一座沒通路的曲折長橋，至少通向海洋。

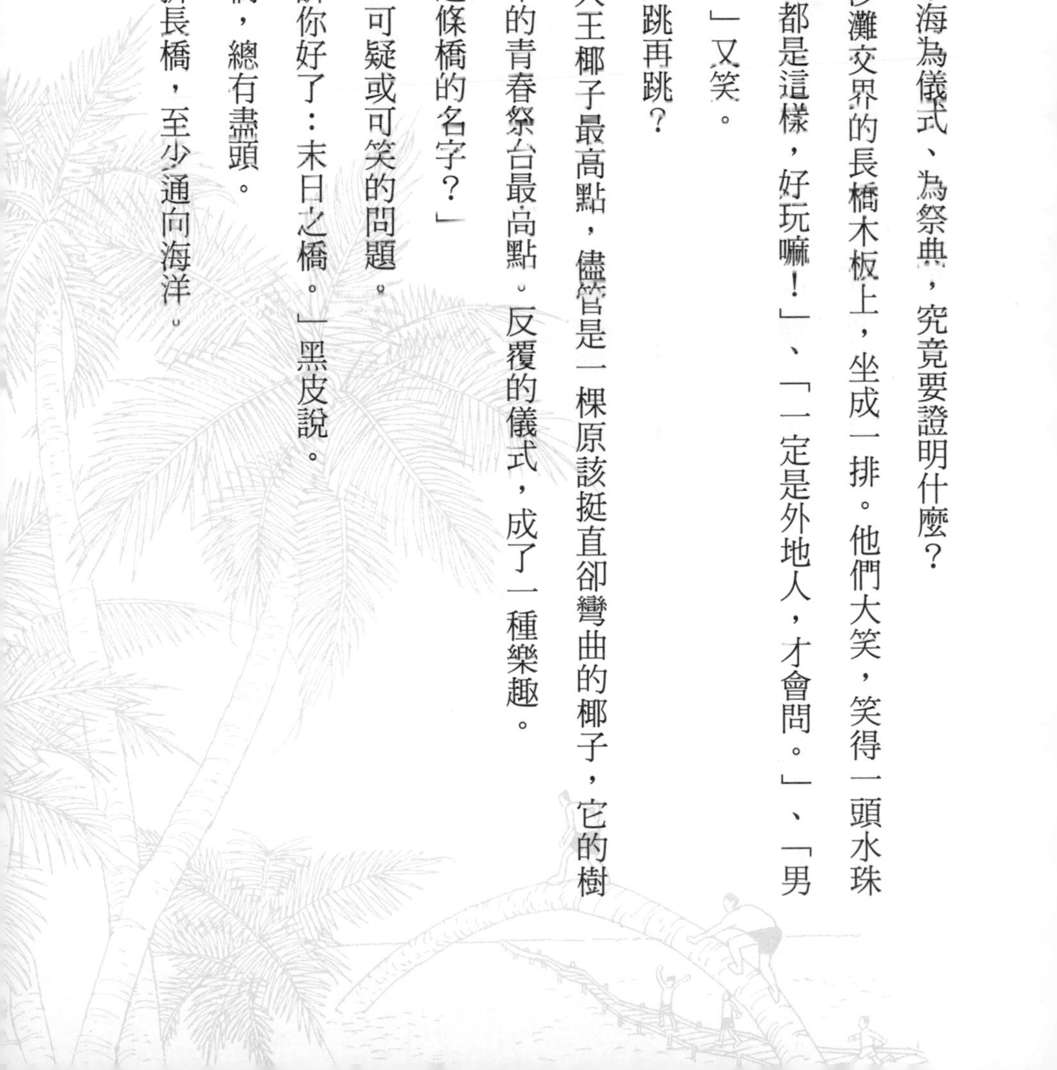

這「末日」之橋，是世紀的末日、夕陽的末日、椰影的末日、船的末日、海魚的末日，還是青春少年的末日？

末日或盡頭，似乎都不是太好的字眼？

海濱少年們怎麼說？

大王椰子樹頂跳台下的海水清淺，海底的礁石或沙埔都不柔軟。縱身入海的一剎那，得弧形入水，水平滑游，才能平安；這全套動作若沒在一秒鐘內完成，就不能脫險。

「我們這漁村太無聊：捕魚、賣魚、補網、晒魚或海難，只有這些我們不喜歡的事，再過一百年也是這樣，」黑皮成了他少年伙伴的發言人。

「我們想離開，又走不出去；像這條橋，走走，還是走回來。我們這裡沒希望。」

同村的年輕人怎麼說？

「城裡陷阱多，壞人多，他們不是人家的對手。他們到可倫坡只會吸白粉，最常去的地方是警察局。像我們這種鄉巴佬一進城，包準被帶壞。」

可倫坡是個美麗的城市，市景繁榮，街道整潔亮麗，它哪會是罪惡淵藪，壞人橫行的所在？即便有「陷阱」、有「壞人」，頂多也和其他大都市不可免的黑黯角落一樣，畢竟只是特例，不是常態。

因身無長技而不能適得其所；因毅力不足而失去工作；因機運不巧而節節敗退，這不多半是個人性格和能力上的問題？

「你一定要這麼說，我們的能力和性格，怎又和這個沒希望的漁村沒關係？每天看海、看船、看魚或漁網，就這樣把我們看呆了。」

黑皮叉腿坐在大王椰子高處，口氣也像這群少年的王，他說的肯定，說的穩當：

「城裡是人的世界，我們這裡是什麼世界？海水和魚的世界，傻子的世界。」

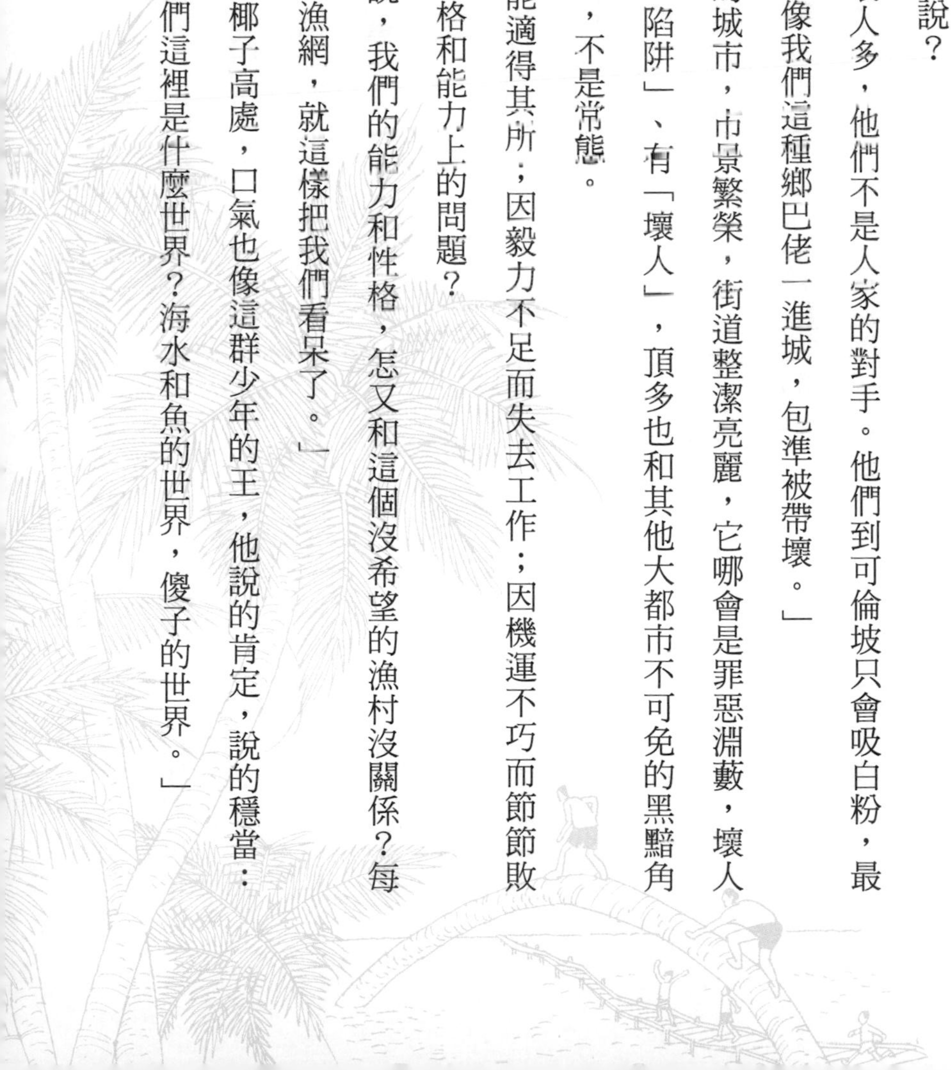

少年之王的自我認定，既然如此不光彩、不亮麗，他的少年伙伴的自我看待和對外投射，又會是什麼晦暗的景況？

這海灣的漁產在各個季節有不同捕獲。簡易的長橋碼頭，儘管只能靠泊舢舨和小船，不見鮮魚滿載的遠洋漁船；但小舢舨的漁獲積少成多，這漁村的經濟活動離貧窮落後還遠著呢。

人的善良或奸惡，和他們生長在村莊或城市並無必然關係。人口稀少、景色更接近大自然的農莊、漁村或山鄉，有人直接推想這裡的民風淳樸；其實它們也不乏有些心性險惡、粗俗無禮的人。

人口擁擠，街景繁榮近似不夜城的都會，有人直接推想這裡的競爭激烈，處處危機；其實它們也不乏有些心地和善、優雅有禮的人。

不同的環境，造就不同的生活文化，但任何人只要懂得充實能力、自我反省和努力向上，他不論在任何環境都能創造機會，化險為夷並獲致成功吧！

黑皮又縱身一跳，從大王椰子樹上跳落木橋。他沒同誰招呼，逕自走去，走去迤邐向海的木橋；他的少年伙伴紛紛跟隨。

木橋的橋板鬆垮、橋路曲折，哪個外客來這裡行走，都要走得謹慎；走得慌張，還得扶欄才能安心。海灣少年們卻大步邁進，如履平地，就像他們走慣的鬆軟沙灘和曲折的漁村小路，他們或跑、或跳、或嬉戲，也能隨意自在。

他們既看不起自小生長的海灣漁村，又怨恨乃至懼怕城市，這種想離開又走不出去的心情，肯定難受。

漁村和城市之間，還有許許多多小鎮能讓他們彼此適應，總不至於只有這座伸向海洋的「末日之橋」，和那棵歪斜的大王椰子。

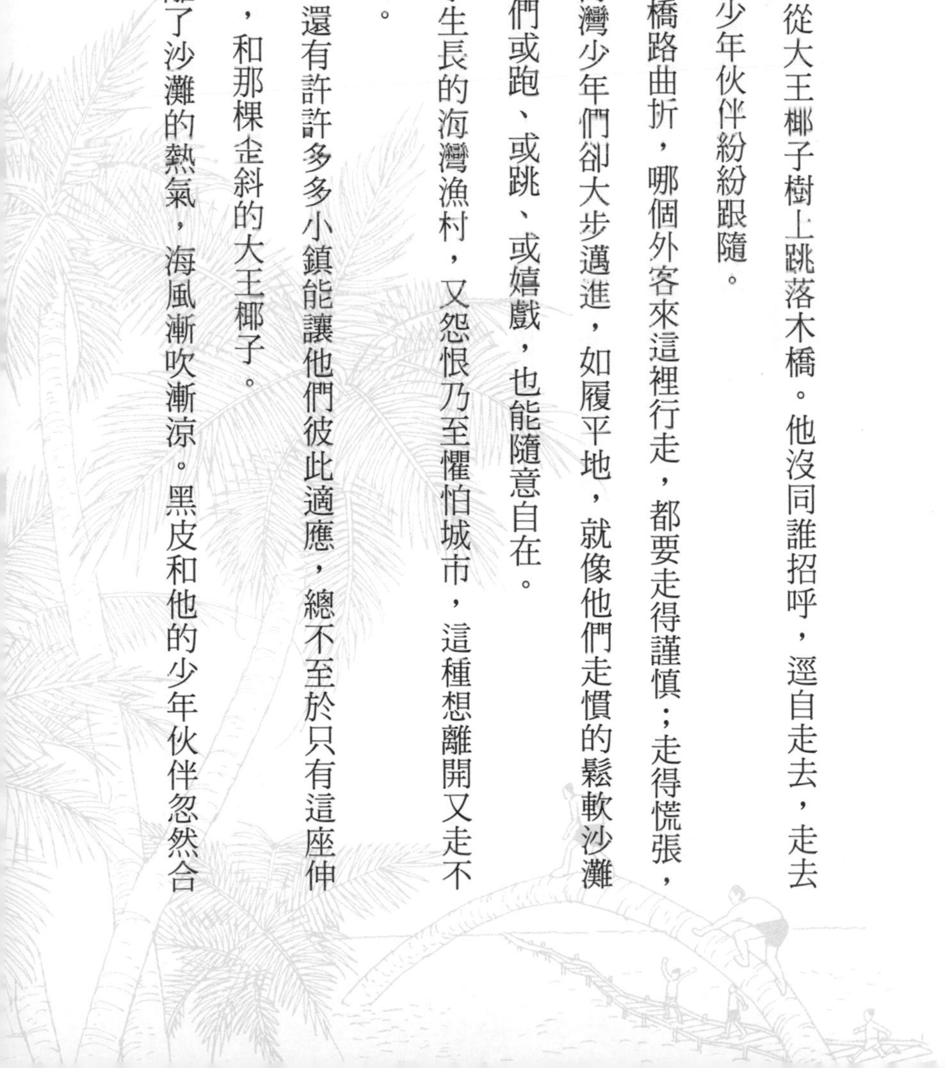

「末日之橋」遠離了沙灘的熱氣，海風漸吹漸涼。黑皮和他的少年伙伴忽然合

唱一首歌，一首旋律很美的歌曲，只有他們能牢記歌詞和涵義的歌曲。

任何處境的人，對於未來都有展望，也因這樣的期盼，人生才有了光亮的指引。哪怕下一刻便是世界末日，這樣的展望也會生發出力量，讓這一刻過得好，讓這一刻有積極的準備，並試圖改變末日的命運。

任何處境的少年，對於明日都有遐想，也因這樣的仰望，少年才能長高又長大。哪怕今天有許多不滿和憂慮，這樣的仰望也會拉拔出一片遠景，想想怎麼讓今天過得好，怎麼鍛鍊能力、儲備力量，作為向明天前進的資糧。

海灣少年在「末日之橋」大步走，即便唱的是哀怨的歌謠，只要能抒發心情，也無妨。何況，他們的歌聲嘹亮，旋律動聽，外客不明白歌詞的意涵，也能猜出這是一首對未來有理想的「明日之歌」。

這座木板長橋也真夠長，彷彿已伸長到海灣的最外處。橋的末端，就像橋的起頭，還是用幾塊木板搭架，看似結束，又像另一端起頭，要繼續延伸，也無不可。

那棵充當海灣少年跳水台的大王椰子，已在目光極遠處的沙灘。它特異的姿勢，襯托著海水和成排高挺聳立的椰子群，竟像一個招手且凝望的巨人，不怪，而且好看。

我告訴黑皮和他的少年伙伴，讓他們也多看一眼。

他們停了歌聲，不言不語也不笑，只是這樣回看。

飛翔雀榕和牽手家人

這是一棵大葉雀榕和正榕互依共生的大樹，它隔著一片阡陌稻田，和門牆高聳的監獄相望。

兩棵並生的百年大樹，長成這款特異形貌：

斜倒的正榕，像一條寬寬肥肥的長板凳，讓一百零八個青春少年排排坐，也不嫌擠靠；橫傾的樹身長有幾十支竄地氣根，腰脊般挺住，沒人晃搖得動。

在古老的年代，一隻沒人見過的雀鳥，帶來大葉雀榕的種籽（當然包藏在一坨滋養的有機排遺中），妥當的留在橫傾樹身一塊神祕的凹處。

這隻雀鳥觀察斜倒的正榕已久，牠儘管同情壯碩的正榕給強烈颱風擊倒，但誰沒跌跤摔倒過？就像牠自己，明明飛得好好的，怎知遭逢一縷看不見的半空亂流，一陣亂，就落翅了，就摔得不成鳥樣。

這又怎麼樣？摔了就站起來，雙翅溼了就抖身，只要站得起來，飛得起來，鼻青眼腫還是一隻好鳥。

所以牠每次經過這裡，不只多看這棵正榕兩眼，還仗著啼聲清亮而且耐久，總念咒般叫喚它：「起來，起來，站起來！」

這隻雀鳥再三再四的叫喚，顯然不起作用。

牠那坨留在正榕樹身神祕凹處的排遺，很難不說是「恨樹不長高」的痛心失望擠壓出來的，後果。

事實上，雀鳥的魔咒並沒完全失效。

一棵大葉雀榕的種籽，在橫傾的正榕樹身那塊神祕凹處，受到最大量的加持鼓勵，它發了芽，著了根，就在正榕的身上站了起來。

雀鳥的魔咒顯靈，牠自己也嚇一大跳。牠沒料到正榕以這種方式起來，而且站得這麼挺、這麼高。

驚嚇歸驚嚇，牠有事沒事來巡看，每每不忘在樹頂和樹腳走走跳跳，表示歡喜雀躍。又再接再厲叫說：「既然這樣，你們就長壯、長大，合力長成一棵真正的大

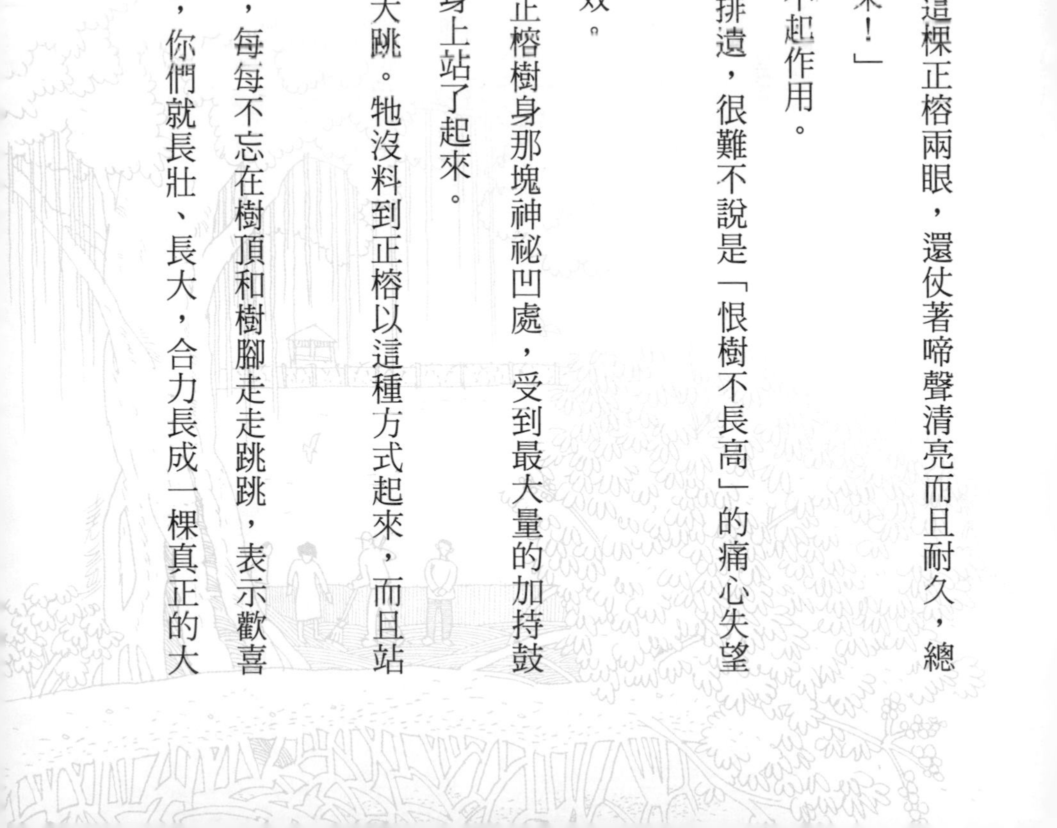

樹吧！」

百年來，這棵樹果真長得健壯，長得主幹和附枝難分，長得樹身和氣根難解的奇形怪狀。它高過三層樓房的枝葉，旺茂蒼綠，樹冠遮蔭一千平方公尺，招人也招鳥，招風特清涼。眼力好的鳥，十里外就能看見它；眼力好的人，不經人提醒，至少都要問：「這是什麼樹？」好奇帶引腳步，趨近來仰望，望出雙眼綠意。

大樹隔鄰的這座監獄，有著高不可攀的圍牆和通電的鐵蒺藜。這裡頭拘禁著三千名菸毒犯人。

這些男女老少的菸毒犯人，吸食或流通安非他命、嗎啡、鴉片或海洛因一類違禁品，被逮捕集中在此。他們被隔離社會、隔離親友、隔離那些讓人亢奮、失智和虛弱的迷幻藥，也隔離因迷幻而生的種種罪惡。

他們在監獄的某個角落，透過圍牆頂的鐵蒺藜，能望見這棵奇形怪狀站起來的雀榕？

探監日，獄門外排滿了另一群神情奇異的男女老少；獄內、獄外的人，同樣都是人家的父子母女、姊妹弟兄和夫妻至愛。探監之前的一段空閒，或探監後不忍遽離的時刻，有人發現了這棵雀榕，他們常盤轉過小路，來到樹蔭下默默小坐。

不論隻身前來的探監人，或結伴同行的親友家屬，他們極少交談，彷彿某種約定，他們面對監獄的方向，靜坐。

麗日天晴的雀榕下，總是清涼。

細雨飄飛的梅雨季，這裡撐張出一把樹傘。

而雀榕果實甜熟時節，滿地竟足怡人的玉桂清香。

靜坐的人們，多半和無聲的雀榕相應默默，心事不免費疑猜。這可怪，節令與天候再三移轉，再重的積鬱，也該有清揚的時日吧？

幸好，這裡總也不缺雀鳥的啼鳴。

牠們吱啁叫喚的興致，從來不減。吱吱啁啁、吱吱啁的無伴奏合唱，多難，特別是即興演唱的旋律和節奏，最不易把握；可牠們把握得真好，至少讓雀榕樹下過度的沉靜，有了勃勃生氣。

多數人都不愚笨的，但若一群人只是靜坐，坐成一幅靜物寫生，人們也沒有太多的靈慧，相互明白彼此盡在不言中的一切；也極少有超凡的聰明人，能彼此讀出定格姿態中的心事。

更別提這些鳥曲鳥歌、鳥言鳥語，唱念些什麼！

這一天，百年雀榕樹下來了五個人，八點鐘剛過，就從隔鄰的監獄出來。

主角顯然是這個叫穎浩的平頭年輕人。

穎浩服刑期滿。一大早，趕來接他出獄的是阿嬤、爸、媽和女友。一部黑色轎車開進綠蔭廣場，一群男女老少不靜坐，他們簇擁著主角繞走廣場，看大樹盤根錯節的樹基，仰望它旺茂枝葉，當然，還有唱念不停的雀鳥。

「出來了，還不趕緊回家。看樹，樹有啥好看？」

「你有什麼物件藏在這欉樹，找得這樣詳細？」

阿嬤和媽媽看得納悶，看得有意見。

爸爸卻背手行走，在綠蔭的外沿左右進退，俯仰觀察，似乎也看出趣味。

「這麼大的雀榕，少見，不知它的樹根竄得有多深、多遠？」爸爸說。

他問穎浩：「在監獄裡面，看得見這棵樹？」

「就是因為看見了，所以今天特別想來看仔細。去年那個大颱風來前，我志願去樓頂清理排水管，才看見我們監獄旁這棵大鄰居。以後常常來看，每次都看得很舒服。沒想到它長得這麼奇怪。」穎浩說。

「什麼我們、你們，還我們的什麼鄰居！」媽媽聽得逆耳。

穎浩的女友跟他繞樹走，走走停停。

穎浩沒來牽她的手，在這樣的地方，她也不好靠穎浩太近，她雙手沒處放，於是舉在胸前摳指甲，輕聲說：「你在信上說，聽到很多鳥叫，會是這棵樹上的鳥？離你住的地方也不近，怎能聽到？」

「應該是。想聽就聽得到。」

「是這樣就好了，」女孩撥開披肩長髮，走近，仰頭，聲音更輕了：「你知道我在家裡，常常對你說什麼？」

「知道了。就是『戒白粉』，以為我沒聽到。」

「是這樣就好了，」女孩終於笑了，說：「你說這棵樹長得好奇怪，那又有什麼關係，你看它長得多高、長得多有精神，還能招來這麼多鳥。你聽懂牠們對你叫些什麼？」

「戒掉，戒掉，戒掉吧！」

雀鳥們聽說這年輕人聽懂牠們的美妙語言，反倒靜下來（別笑，雀鳥向來怕驚嚇）。牠們靜靜的聽著，以為年輕人破解了牠們的咒語。根本，還是瞎猜。

沒想到長髮女孩居然說：「對，你聽得沒錯。牠們還說什麼？」誰在這棵百年大樹說過戒什麼？雀鳥們只好又輪番啼叫，把專屬這棵樹的咒語說清楚。

風來了，從不遠的山谷吹來。相較於海風、相較於掠過城鎮的風，百年大樹更喜歡山風，它的枝葉努力迎接，摩搓出輕響，彷如回應了雀鳥的咒語。

「牠們說，」穎浩說了，雀鳥們又安靜聆聽，「引號，引號，引號是特別的。」

扯，扯得太遠了，愈扯愈離譜。這什麼話，誰說過這種怪話？最可怕的是那看來挺正常的女孩，居然又一口咬定：「對，但這是我說的，『穎浩，引號，引號裡是一句特別的話，所以穎浩的名字也是特別的』。我說，你會是一個特別的人。」

女孩又笑問：「想想看，牠們又說過些什麼話？」

一隻大嗓門的雀鳥，被推派為代表，把神祕的咒語再念一遍。牠們認為，年輕人若真有點靈慧，真聽懂美妙的鳥言鳥語，這回總該聽清楚了。

可這年輕人是冒牌的解謎人、正牌木頭人，他說：「沒有了，不知道。」

「我知道。」女孩仰頭看樹，看得雀鳥們不敢動。

「你怎麼知道？」穎浩不信。

「想聽就聽得到。」她說：「牠們說：『起來，起來，站起來』！」

天啊，果真有這樣的人，有一個能聽懂雀鳥咒語的人！那隻念咒的雀鳥代表咕咚掉下來（雀鳥向來也怕驚喜，別笑）。眼睜睜看著牠摔下的女孩，伸手去捧接，沒捧著，穎浩卻接著了牠。

爸爸到社區活動中心找到三把長柄竹帚，交給穎浩和他的女友。

「出來了，還不趕緊回家。掃地，誰派我們來掃地？」阿嬤看得納悶，看得還有意見。

媽媽看著穎浩，穎浩楞了一下，接過了掃帚，女孩也笑盈盈接手。

媽媽說：「勞動一下也好，人要是肯勞動，不怕出汗，大概也能站起來。穎浩，你對這欉樹許過什麼願？」

媽媽又去社區活動中心找來掃帚和一個竹簍。

他們在百年大樹的綠蔭廣場下清掃落葉，像盡責的值日生一樣認真；像義務勞動者一樣甘願；像還願者一樣虔誠。

滿地的落葉揚起來，圓滾滾的雀榕果實蹦蹦跳，竹帚將它們集合成一堆堆。

環繞廣場漫步的阿嬤，是沒人聘派的清潔督導。一陣強過一陣的山風，跟她繞樹走。

「這陣是啥風，會不會把我給吹得飛起來？」她說：「穎浩的手腳最俐落，抓

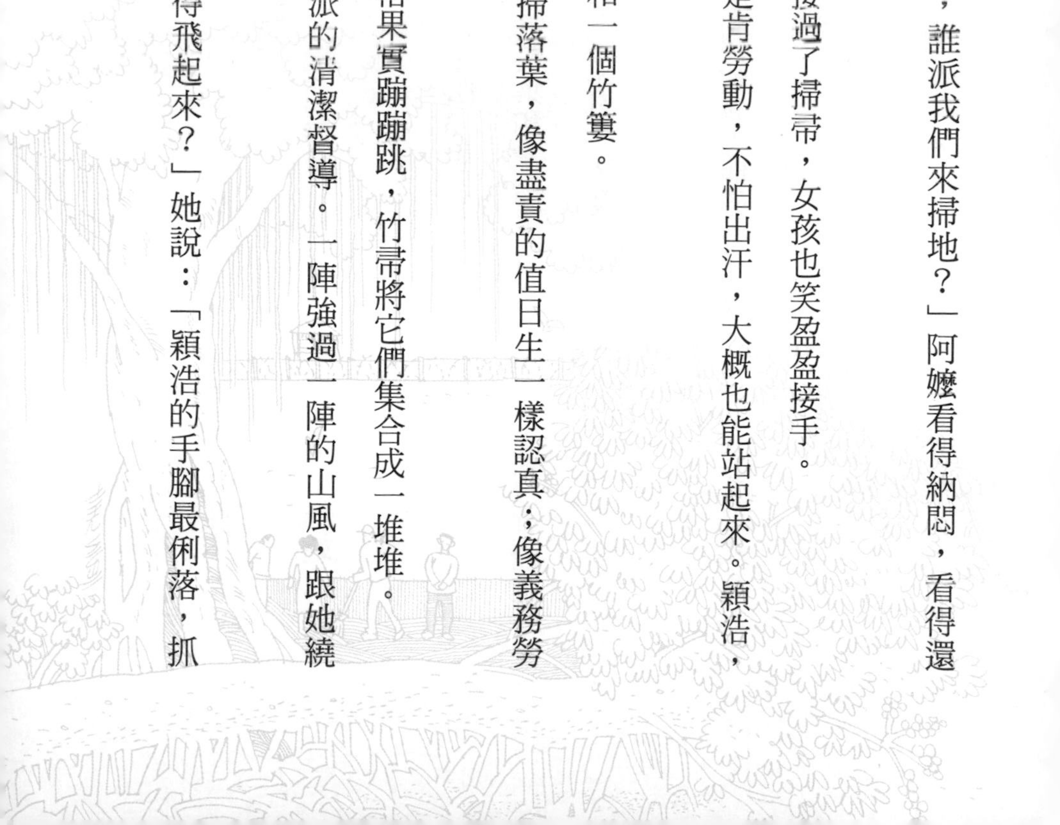

鳥、掃地都是一把手。」

「是牠自己掉下來的，我沒抓牠。」

「牠在樹頂站得好好的，怎會掉下來？」阿嬤說：「是不是太懶了，站也站不好；飛也飛不好。」

飛回雀榕樹頂的那隻雀鳥代表，聽得傻眼，說我？

繞樹的山風，繞成了旋風，將一堆堆落葉和雀榕果實吹散了，全堆積到樹腳下。百年大樹的所有枝葉上揚，所有雀鳥果真站不住，牠們一齊離開棲枝，迎空飛去，而且飛得真好。

樹下的五個人，攀肩、摟腰、拉手的站著，他們仰望這棵奇形怪狀站起來的大樹，深呼吸，「哦」一聲叫起來。

青春楓香和老老少年

樹齡三百年的老楓香，聳立在山腳的柿子園中，附近十里內，除了高壓鐵塔，再也沒誰高過它。

兩名壯漢環抱不住的楓香樹幹，伸展著蒼古的枝椏。年年初夏，老楓香卻準時吐露一樹的嫩綠新葉，樹冠華蓋如一頂新帽。你若沒有創造新詞的能力，於是只能想到那句「老當益壯」的通俗形容詞。

環繞老楓香的柿樹，屬於「改良低矮種」。柿樹能長果子，果園的主人對它特別照顧，一再接枝、扳弄，讓它愈長愈低矮，方便採收。

或許也因為這樣，沒人想為楓香施行「改良」手術，它才歷經幾個世代，自由生長，長成這樣壯碩的形貌。

你和爸爸、弟弟到山坡頂的厝骨塔看望媽媽。

下山來，爸爸放了你們兄弟在這棵楓香樹下；有個電腦客戶在前莊，他去洽談一筆生意，回頭再來接你們。

一個月前，你們曾路過這裡，看見了吐露新葉的老楓香。

這是你們第二次來看樹。爸爸當它是地標，留你們在樹下等候；爸爸不是和你們一齊過來，專程來看樹。當你們穿過柿子園，愈走愈近，愈覺得它高大得嚇人。六歲的弟弟緊握你的手，他的腳步向前，身子卻往後仰，分明是望見一座陰森的綠色城堡，或去面見一位傳說中的巨人。

「哥，真要進去嗎？」

不僅因你已是國中生，你向來就是個勇敢又細心的哥哥。弟弟讀幼稚園以來，便喜歡同你睡覺，他喜歡和你談同學和你們共同朋友的趣事；他喜歡聽你說故事，偎在你身旁，一覺到天亮。弟弟的睡相有時一腳踹你的腰，雙腳擱在你的脖子，你幫他扳正，也呼呼睡去；你從來不罵他，只笑他。

「沒什麼，哥在你旁邊。」就像弟弟從噩夢醒來，你將他摟近，拍拍他的胸脯，安撫他繼續好睡。

一層新葉綠過一層的老楓香，林相並不陰森。樹下的龍吐珠花開了一大片，弟弟聞到了香味，仰著鼻子往前探尋，似乎忘了楓樹的巨大蒼老。

不是花香。不是楓香。

你和弟弟給香氣帶著，走到樹下。你們在樹後發現一座小廟，廟前香爐有裊裊檀香。

香炷點燃不久，卻不見上香的人。你們在廟前、廟後又轉了一圈，在廟旁找到一塊粗礪但平整的石板，石板下，墊了一排鑿砌得整齊的石塊，這似乎曾是另一座小廟的基座，這回成了再好不過的座椅。

石板滿布青苔，弟弟用鞋底去摩搓，問說：「這裡能坐嗎？」

媽媽在時，常說你們兄弟是什麼玩法，一身乾淨的去上學，就有本事帶一身髒汙汗臭回家，得用那台強力洄流洗衣機連洗兩遍。媽媽沒生氣只是納悶。

「媽媽不在了，我們要自己洗衣服，」你說：「坐就坐吧，別把褲底搓得太髒，難洗！」

檀香的氣味聞起來甜甜的、涼涼的，讓人有一種很奇怪的平靜心情，還有一絲悲傷在平靜的底層飄浮起來。

廟門上的匾額刻寫著「福楓廟」。

給香煙暈濛了的小廟，排坐幾尊神像，應當是福德正神土地公、土地婆。

你猜想得沒錯，你夠聰明，福楓廟供奉福德正神、樹靈、另外是三百年來的無主魂魄。

老楓香在多年以前便這麼壯碩高大，讓所有過路的旅人都能望見。路過這山腳的旅人，未必是墾荒人；在楓香樹下歇腳休息的人，未必是孤獨的流浪漢，但這樣的人竟不在少數，更不乏是走投無路的墾荒人，和貧病交迫的流浪漢。他們亡故異鄉後，都成了收容在小廟內的無主魂魄。

空氣中除了檀香的氣味，還有樹蔭外的層積落葉經過陽光曝晒的味道。你認真聞著，仔細想著，仰頭。

「這棵樹還活著，怎麼也拜它？」弟弟問。

「因為這棵樹長得好、長得老、長得讓人佩服，所以大家就這麼尊敬它。」你說。

「樹要長得老，人家才會尊敬它？」

「不一定，還要看它長得好不好，懂不懂照顧自己，會不會很努力的長大、長高。」

「樹怎麼照顧自己，它又不是人，它怎麼努力？」

「樹當然也會照顧自己，你看吧，它的樹根這麼粗，努力鑽到土裡吸水、吸養分；你看吧，它的樹葉這麼多，努力晒太陽和吸收雨水，這都是很努力的照顧自己。」

「它這麼努力長高、長大，雷會來打它，那不是很危險嗎？」

「你說雷？對，有雷。但人家看它這麼努力，也會想辦法來照顧它。你看到了嗎？有人幫它裝了避雷針。」

「古時候沒有避雷針，它怎麼辦？」

「沒錯，這很危險，除了雷，還有颱風，很危險。但它努力長大，努力抓住泥土，對了！還有山保護它」。

你的耐心，不只對弟弟的問題一一回答，你要忍耐的不那麼認真想到「避雷針媽媽」已經不在了；忍耐的不那麼認真想到「山爸爸」還是這麼忙；忍耐的不那麼認真想到你們是兩棵不知要怎麼努力生長的「小樹兄弟」。

「媽媽看得見我們嗎？」弟弟問。

「當然。」你回答。

「她會一直看著我們，保護我們，只要我們好好照顧自己，媽媽會很安慰；也希望我們會照顧爸爸。」

「爸爸那麼大了，怎要我們照顧？」

「爸爸工作忙，很辛苦，我們當然也要照顧他。我們用心做功課，不要常吵架，衣服不要玩得太髒，不要常受傷，不要踢被子。還有把玩具收好，我洗碗的時候，你就擦桌子；而且不要常常打破碗。」

「哥，你要哭了嗎？」

「我會想媽媽。」

「我也會……」

啊，爸爸回來了。

爸爸大步走過「改良低矮種」的柿樹林，向著你們走來。他大聲叫著你們的名字。

「我們要照顧大樹，我們要長得像大樹一樣高。」弟弟說。

爸爸帶來三個盒餐和三罐冰得冒汗的果汁，他笑說：「那就要好好吃飯，不能挑菜。」

弟弟居然又問：「媽媽會看見我們在吃飯嗎？」

爸爸楞了一下，卻看著你。你說：「會，我們在睡覺，媽媽也看得見。」

爸爸說：「對，好好吃飯、好好睡覺，媽媽就會很安慰。」

弟弟說：「我知道，很安慰就是很放心、很高興的意思。」

爸爸一把抱住弟弟，又親他，說：「這地方真涼快，以後我們可以常來這裡。贊成的人請舉手。」

弟弟高舉雙手。

爸爸也高舉雙手。

你緩緩舉手，就像楓香樹伸展的枝椏。你還是沒能為這棵高壯的楓香想出一個全新形容詞，你還是想起了媽媽，要是媽媽也能老當益壯，一起來楓香樹下野餐，該有多好。

落羽松林和古老宅院

陳氏家族的古宅院落，在進士路底。

這條以科舉功名為路名的道路，在台灣實不多見。

這古宅院落包含一座三合院、一座堂皇的宗祠、一座修整極好的書院，還有初夏荷花盛放的半月池。

你找到這古宅院落之前，先發現了一群落羽松。

它們壯碩、旺茂，成群聳立。落羽松在四季有不同的風貌，春夏葉子由嫩綠轉為鮮綠；秋冬再由橙黃轉成紅褐色後，羽狀葉隨風飄落。

你望見了它們，才找到三合院，以及完好的宗祠和書院。

能讓多棵落羽松健壯生長、自由伸展的院落，肯定是寬闊的。

仲夏的落羽松宛如輕鳥飛羽般的針葉，迎風拂動，成簇成片，它們遮蔽出一方綠蔭，讓院落多了變化，多了曲折，也顯得生機蓬勃。

這一群落羽松成長已有六十年，長有滿地膝根，像圓錐、小柱或標竿，昂然直立，以作為它們生命根基的記號；或是它們特地竄生的圖騰，不讓客旅世間的人們在這裡奔逐嬉戲。所有生命的記號都是鮮明的，都是不容易形塑的。

有著落羽松成林的院落，總是清涼。它們的青蔥濃密，使得古舊的三合院有了另樣光景。

這座三合院落成的年代，至少是這群落羽松新栽的年代吧？曾有一位陳氏宗長在此主掌破土興建，在這座三合院繁衍出一支人丁旺盛的家族，在此看著一年高壯過一年的落羽松林。

現今這座三合院的左護龍，近乎傾頹，瘦長紅磚疊砌的牆腳，蔓生青苔；八扇格子木窗仍完好，但四扇門框和原該有的八扇木板都已散佚。

青蔥的落羽松林和階前的鳳仙花叢，它們的生機盎然和那欉似錦繁花，讓三合院不顯得荒蕪。

你踩在針葉鋪地的落羽松林間，察看每一支矗立的氣根，試圖解讀它們歷經世代的不同記載；你端視每一株筆直的樹身，看它們皺皺的樹皮隱藏的歲月祕密。

你的眼睛如此搜尋著，腳步卻被豔麗的鳳仙花叢吸引，你走上花間小徑，繞過門窗緊掩的右護龍，在一棵獨自生長的落羽松後，發現另一片天地——滿塘層層的荷葉與朵朵粉荷。

這裡屬於古老宅院的一部分，是真正開闊且雅致的一處清境。

這裡的清香來自半月池滿塘的荷花。粉紅荷花碩大，一株株挺立在絨青的傘葉上，含苞的、綻放的都彷如引頸盼望的美少女；當然，也有少數花瓣落盡的青托和蓮子密生的焦熟蓮蓬，它們的可看、好看，也是各具姿色，散發某種芬芳。

你來到了陳氏宗祠。

宗祠的造型莊嚴典雅，翻新的甕牆和花崗石天井仍保古意，特別是練膂力的一組石造元寶，大如廟門石鼓，小如枕頭，依牆排列開來。

比起那座三合院，這幢宗祠給維修得真精心，牆腳紅磚的疊砌線，修得紅白分明；門扉和窗扇不僅完好，還漆刷得油光滑亮；屋頂紅鱗瓦片層層有致，青苔也被清除乾淨；於是它在莊嚴典雅中，又有了老人穿新衣、戴新帽的光鮮可愛。

宗祠大廳能維持這樣的整潔、明亮且氣派，想必有專人盡心、盡力打理。桌案寬大穩重，奉祀陳氏宗祖的功德牌位雕琢得堂皇，左右兩壁高懸的肖像，和靠牆兩排檀香木太師椅，擺置得端正，它們都被拂拭得纖塵不染。

你留意這幾幀高懸畫像，一式是工筆手繪的古老留影。幾位正襟端坐的中老年男人，他們身穿清朝官服、便服或民國時代的西服，再眼拙的人，即便不看畫像底下標示的姓名字號，也都從相似的五官看出他們出自陳氏家族。

這支陳氏家族繁衍八大房，子孫眾多，有一位武舉人、四位秀才、兩位貢生、一位稟生、以及一位在國民政府官拜中將的身分。

你在另一面粉牆上的「本堂宗族遷徙沿革」，察見了些蛛絲馬跡。

這支陳氏家族於清乾隆三十二年，自中國福建漳州漳浦縣遷徙來台灣，於清咸豐年間定居宜蘭。

陳氏先祖在短短幾年間，結合壯勇開荒闢地，爭得三百二十甲良田；他們適應陰溼氣候，忍受颱風地震，不畏耕作勞苦和勤儉治家、謀略經營之外，對於早住此地的平埔族人、泰雅族人，乃至漢人的阻撓抗拒，他們的一身武功，想必也發揮了重大作用。

落羽松林間，四季分明，春發、夏綠、秋黃和冬枯，依節令更換，從不延遲。喜愛春夏興榮風貌的人，大可來此仰望欣賞；能從秋冬的蕭瑟光景觸發體會的人，也可來此沉思徘徊。

不管人們如何感受，落羽松依舊是落羽松，它在四時天候中不斷生長，讓滿地竄生的氣根持續抽長。就像輾轉移墾來這裡的陳家子弟，不管風調雨順的太平年，還是天災、兵燹侵襲的苦難時代，甚至性命交關的人禍鬥爭，他們都有因應的生活方式，讓生命得到依靠，讓家族的命脈持續相傳。

陳氏家族的尚武傳統，在法治薄弱的移墾地區，想必是一種防身自衛、刀劍自保的生存之道。

你沿著陳氏宗祠的圍牆向東行，又發現一座整修得更完好的古宅。

這宅院的造型和格局，乍看像一座小廟，且是香火冷清卻又安然自在的小廟，廟門書寫「登瀛書院」。宅院的四周是一汪水田，今年的二期新秧，才剛種植，輕輕秧苗映著水光，似乎要漫上小路。你看到紅磚圍牆的園門側壁上，雕飾了書冊和文筆，成雙成對，罕見而醒目。

這座宅院，竟是一座古老書院，是讓人讀書寫作的所在。這是公辦的國民學校普設之前的私塾，供陳家兒孫和鄰家子弟來讀書的書院。進入書院的門柱讀到一對楹聯：

學豈在窮通砥行者貴

士何分顯晦無品則汙

橫披是：夢筆生花

這對楹聯的意思，在於鼓勵讀書人敦品勵行，做學問得去實踐；讀書人更需在品行上自我要求。這書院大抵是一座古蹟吧！

供奉著關帝君的神案兩旁，有副對聯是：

鑑水淨心明作淨
民風好古德為鄰

橫披是：代天宣化

另一副對聯，懸掛在書櫃裡處的粉牆上：

祖訓勿忘入廟彌思問禮
家聲丕隆立身首重成材

這副對聯似乎經歷過不少年代，讓來過這座書院的學子看過。這副極可能成為書院學子座右銘的對聯，它陳述的是一種社會傳統、現實景況、鼓舞期望。

你想到那座曾繁衍無數子孫卻近乎傾頹的三合院，和標舉功名而獲精心維修的宗祠；想到真正操持家務卻隱沒名姓的婦女，和闖得功名而畫像流傳的男人，這其中的因果。

或許在功名到手後，讀書的樂趣又到另一境界，近乎生命的安頓，於是也看淡了功名？

你的發現，仍然無解。

你再度穿過杳無人跡的古老宅院，回到落羽松林，看它們的綠葉青青，看滿地的膝根昂然。你在樹下席地而坐，重新閱讀。

木棉花開和青春輓歌

年年三月早春，芝在每天晨昏，愛來這裡徘徊仰望。看竹風催紅的木棉花，從北大路到護城河，開得滿天橙紅，開出一條爛漫街景。

這一路百十棵木棉樹，高瘦筆直，它們的枝葉不繁茂，卻有本事綻放如此豔美的花。每一朵花大如手掌，重如一個火烤槓子頭硬餅，它們飄落下來，還差點把個路人砸昏過去。

黎老師說：「它分明是男人花。」

芝、容和櫻抗議，她們說：「少女花也可以這樣！這是美麗又堅強的十七歲花季。」

那是一九五〇年的早春，她們都是青春如花的十七歲少女。她們跟著黎老師讀書、散步、談話、看花、喝茶及小聲的辯論，也因此認識了大學畢業的亮哥、燦哥、炳哥和同齡的禮、賢、奇、薇、進、宗和隆這些熟與不熟的朋友。

他們是多麼優秀的一群青年，在師範學校、護理學校、工學院和高中就讀。這求學的機會原本不易，年少俊美的他們，更勤於學問，勇於思想，比起同齡的失學青少年，他們看得更遠、想得更深。比起在學的同學，他們是出色的一群。

芝總是納悶：她在年年早春，來這條舊時路趕赴木棉花季，怎不見往日那些老友？

他們都去了哪裡？

如此緋紅的花季，難道也可從他們記憶深處，徹底漂洗乾淨，將年少同聚的一情一景，都漂洗得一絲不留？

她重回北大路到護城河，因這一路木棉花綻放，風城的景致一如當年三月，因它柔細的棉絮飄飛，情懷又是往昔的年少。

她甚至這麼想；假若有一朵沉甸甸的花苞墜落，不要正中頭頂，就打在左肩或右肩，像當年的老友來背後猛拍一下，這也能驅走一些落寞。

四十年了，芝卻始終沒與一位老友重逢，沒再見黎老師一次。

今天芝卻遇見一個叫潘的人，一個奇怪的陌生人，他竟告訴芝：「你已經被槍斃了！」

被槍斃是啥意思？

為什麼要在這麼美的花季，說這款無禮的笑話？真是無禮的人！

「我什麼時候被槍斃？你認識我們黎老師嗎？見他來過嗎？」急促詢問，不免洩漏慌張，一慌張便靠近了不想面對的事實。

「對不起，你是在一九五六年一月十三日被槍斃，」潘翻閱一本厚重的名冊說。

「忘了嗎？黎老師在一九五一年十一月十九日已被槍決了，我不知他有沒有回來過？那時你還在綠島新生訓導處。資料上是這麼寫的，對不起。」

「這麼美好的季節，一定要說這些嗎？」芝憤怒問道。

因教養所致，她的憤怒只在語氣，不見於神情。

「敢問你從事哪一行？為什麼對他們這麼清楚？」

「我只是，只是一名好奇的記者，」潘嚅嚅說道，「敢問，敢問你如何保養得這麼好？保養得和你十七歲的照片一樣，讓我一眼就認出你。」

「我就是十七歲啊，就是這樣的十七歲，」芝雙手交疊貼在小腹，說：「啊，都是盼望見到這樣的木棉花，這樣美好的十七歲少女花。」

一朵沉甸甸的木棉花苞墜落下來了，芝伸手一指「啊」一聲。年輕的潘記者仰頭，側身，一手接住了花苞。

年輕的身手真俐落，一側身就避開被砸昏的危險。年輕真好！

若要回憶美好，就得選擇部分遺忘。

芝記取了十七歲那年早春，木棉花盛開的季節，她徹底遺忘半年後被逮捕的一切。回憶是可以凝固的，凝固在一個愉悅的空間，凝固在陽光不再移轉的時間。

她從某一處被遺忘的時空，年年趕赴這季節的約，為青春加油，為這青春的儀式再作複習。

她也選擇遺忘回家的路，選擇淡忘了黎老師組織的讀書會聚會所；只記得聚會所窗外，也有一排高瘦筆直的木棉樹，以及一條如水圳寬的護城河，河水清澈而常滿，波上有木棉樹的倒影。

新竹的風常年的吹，於是波光水影的樣貌，總有不同。

「就說吧，我犯了什麼滔天大罪？」芝問。

「你們的黎老師是個愛讀書的人，他帶你們讀了鼓舞社會主義的書；你應當還記得那些書單。

「壞在你們讀得那麼熱烈，讀得那麼充滿希望，還結隊出來散步、看花，就像遊行一樣。你們老早被監視了，有人去通風報信。」潘記者說。

「讀書不該就是讀得專心、讀出理想和讀出幸福的感覺嗎？那些書描述的世界，真教人嚮往啊！我們讀那些書，也會犯罪？

「假若這就是滔天大罪，寫那些書的作家，又犯了什麼罪，他們不更該被逮捕嗎？」芝不平的說。

「是誰去為我們的讀書會通風報信？」

「也許，他們抓不到寫那些書的作者，也不敢抓吧？那些作者在中國大陸、西伯利亞或歐洲，抓他們太麻煩了。」

潘又從黑色背袋掏出一疊文件，說：「那時我還沒出生咧。想來是有些特務人員，或他們安排的線民，線民？你知道嗎？業餘間諜，有些是被收買的，也有自願的。自願做這種事的人，還覺得自己是愛國家、愛民族、愛社會的，做起事來更努力的。」

「就像通報木棉花開的風，就像我們新竹的風一樣，無所不在。我的朋友也一齊被抓了？我們只是十幾二十歲的青少年啊。」芝問道。

「推翻滿清政府的黃花崗七十二烈士，多半是十幾二十歲的青春少年。」潘說。

「我們不想當烈士，我們只是讀書人。」芝固執的說。

「他們特別討厭讀書人，特別喜歡逮捕讀書人。強迫他們智慧的眼神，露出懺悔；棒打他們硬直的膝蓋，跪出哀求；折磨他們高傲的靈魂，縮成牆角的暗影。」

「他們究竟是誰？」芝問。

「我說過了，他們是職業的、業餘的、收買的和自願的。他們被單位、報紙、標語、老師、家長、親友和他們自己訓練成抓匪諜的特務，而且是自覺很光榮的任務。

「那些恐嚇、詛咒的語言，是他們語文能力的最高發揮；那些刑求、折磨人的招術，是他們畢生最大的發明。他們在『大案大獎，小案小獎』激勵下，同時享受了身心最快活的興奮。」潘說。

「你說他們像風一樣無所不在？是的，你平時不察見，直到被他們的強風、陰風吹到了，你才發覺他們的存在。」芝醒悟說。

「他們平時也是孝順的人子、體貼的人夫、慈祥的人父、溫柔的人母，一個為生活打拚的人？是誰指派他們為別人的思想定罪？因思想的不同，逮捕又奪人性命？

「政治領導人發令的。他們相互指派，經由沉默的人默默鼓勵的。記起來了嗎？那就是你十七歲走過的年代。」潘說。

「思想也可以叛亂？思想也有罪嗎？」芝問。

「對不起，那就是白色恐怖時代，一個反覆出現、稍不留神又將冒頭的時代。很遺憾，讓你們遇上了。」潘清晰的說。

緋紅的木棉花，襯著一片藍天，藍天中的白色陽光，據說含有紅、橙、黃、綠、藍、靛、紫的光譜。白色恐怖的時代，也有這樣的時代光譜？回憶的時光，又是怎樣的光譜組成？它的主色是什麼？

潘說：「綠色，」啊！這顏色不壞。

潘又說：「對不起，那是綠島的綠色。你想起那綠色的島嗎？」

「有這樣的島？在哪裡？」

「在南方，也許你習慣叫它火燒島。」

「火燒島？那裡也有木棉樹，也有在這季節盛開如火燒的木棉花？你確信資料名冊上的記載是正確的嗎？火燒島怎有綠色？綠島怎又會火燒，有人在那島上燒書？」芝一連串的問。

「也許你想起你們燒過一些書。你在綠島又寫了些什麼？說了些什麼？想了些什麼？

「黎老師和你們十一人，因『社會主義青年大同盟案』被逮捕，判決書這麼記載的。你被判十年徒刑，移送綠島感訓。」潘輕聲說。

「你知道，我只是個十七歲的女學生啊。我們手無寸鐵，我們怎麼叛亂？我們的思想也能顛覆政府？那個偉大的時代舵手，像銅像一樣堅強的領袖，也怕被一個愛看木棉花的女學生推翻？」芝憤憤的說。

「對不起，資料上這麼記錄的，你在綠島感訓期間，又涉及思想叛亂，你執迷社會主義的理想，你意圖影響同在感訓的讀書人。有人打你小報告。」潘看著手上的資料。

「具體的社會主義究竟是什麼？從來沒人能呈現給我們看。線民就是打小報告的人？同在感訓的人也有變成線民？」芝平靜說道：「這，我都不懂。」

「你記得黎老師在獄中曾為你們寫了一首歌——〈南方的木棉花〉，聽過這首歌嗎？聽說在綠島的政治犯監獄，人人會唱。

「一九五六年一月十三日清晨，被帶到刑場的二十九位教師和學生，也許有人唱起這首歌，也說不定咧。」潘說。

木棉花又開了
冬天已不長
在開遍紅棉的南方
有一位勇敢多情的好姑娘
她寄來無窮希望
告訴我光榮勝利那一天

木棉花又開了
春天快來了

我迎接可愛的姑娘
我迎接明媚的春光
我迎接明媚的春光

芝輕輕唱起這首歌。她不就該唱得哀怨苦楚，唱出滿腔悲情嗎？可她仰望緋紅木棉花，仰望由紅光、橙光、黃光、綠光、藍光、靛光、紫光合成的陽光，卻讓人在歌聲中，只聽見懷念，聽見她如願記取的美好回憶。

「你難道看不出來，我只是個十七歲的女學生？我有如詩的夢，多情的幸福，我不曾被逮捕、不曾坐過黑牢、不曾被針刺指甲、不曾被裸身偵訊、不曾被灌水刑求；我可以選擇喜歡的朋友、選擇愛讀的書、選擇愛唱的歌、選擇來這裡看木棉花，」芝說：「我也可以選擇遺忘。」

「對不起，我覺得你應該可以回去了。」潘低沉的說。

「不要一直對我說對不起，對不起，對不起！那些該說對不起的人都到哪裡去了？他們也有資格選擇遺忘？有資格選擇沉默嗎？」

芝說：「假若像你所說，我已被槍斃了，家破人亡。一個被槍斃的人，還有一個回得去的家嗎？還有一個不恐懼、不流淚、不羞愧完整的家？」

「也許，也許你可回去綠島，那裡新建一座『垂淚碑』，肯定有你的名字在碑上。在那裡，你可以找到你的老師、同學和朋友，他們都在那裡。」潘說。

「我要去的地方，怎會在紀念碑上。你說什麼？垂淚碑？是我垂淚，還是誰為我垂淚？那是傷悲的淚、懷念的淚、還是懺悔的淚？屬於受難者、屬於家屬、還是加害人？是加害人懺悔的垂淚？」芝壓抑拉高的聲音。

「我該不該回去那裡？你確信我該回去嗎？那裡也種了木棉樹？」芝帶著遲疑。

「假若有可能，綠島的『白色恐怖』垂淚碑周旁，應當可以種一棵木棉樹，再種一棵某人懷念的樟樹；某人時常想見的鳳凰木、豔紫荊或山櫻花什麼的。」

潘說：「也許，你就不必再奔波，再回來赴木棉花的約。」

早春的竹風又吹落一朵大如手掌，重如火烤槓子頭硬餅的木棉花。

芝說：「我只是一個十七歲的女學生。」

潘伸手一指，「啊」一聲。

年輕的芝仰頭，側身，沉甸甸的木棉花苞，就打在芝的左肩。

她看潘一眼，眼神無悲無喜。她轉身，隨風而去。

從北大路到護城河的這一路木棉花，看它們好看，也得看人怎麼看。有人從它高瘦筆直的樹幹看到蒼老；有人卻看出了青澀；有人從它稀疏的枝葉看到風雨中的堅強；有人卻看出了陽光下的頹衰；有人從它綻放的花朵憶起如花年少；有人卻在仰望間唱起了青春的輓歌。

不細細檢點回憶的真實和虛瞞；不細細查驗往日時光的真純和遮掩，芝選擇部分遺忘，於是回憶盡是美好，美好的木棉花季。

喚醒她，是對？還是錯？「對不起」的潘記者，將一疊文件放回黑色背袋。他想：最該說「對不起」的人在哪裡？就將黑色背袋裡的文件，影印一份給他吧。

樹靈塔和崇敬疼惜

阿里山森林深處，有一座青銅煉製的碑塔，取名「樹靈塔」。

樹靈塔的基座旁，懸掛一方烏心石木橫匾。色澤烏沉的木匾有白漆的刻字，斑駁刻字隱約是這樣寫的：

「阿里山森林因遭大量砍伐，山中怪異迭起，特立此銅碑安奉樹靈。」

森森樹林也有靈氣魂魄？

樹靈還會作祟，得立塔招魂供奉？

樹靈塔建立在一九三五年，也就是日本殖民政府統治台灣的第四十個年頭。這塊烏心石木橫匾的刻字，一式是通曉明白的漢文。

令人心有所感的是，這座供奉樹齡的青銅碑塔，歷經近七十多年仍安在。在兩個截然不同政權統理下的民眾，對於碑文記載的立意——「森林遭大量砍伐、山中怪異迭起及安奉樹靈」都能認同。但在這座青銅碑塔豎立之前及之後的近八十年，阿里山森林的砍伐工作，卻依舊進行著。

安奉樹靈的敬畏和砍伐樹木的積極，似乎相關，又似乎是不相干的兩回事？

「山中怪異迭起」，嚇壞了阿里山的伐木工人；嚇壞了在森林中採收辛辣秋葵的山民，特別是喜歡成群到森林漫遊的少年，和他們總是擔憂的父母。

傳說從一九一〇年代以來，每年秋天，至少有一位伐木工人在森林失蹤。那是霜雪將來，伐木作業即將歇工的多霧季節。

雪霧山嵐籠罩阿里山，被砍伐的巨木大都在密密森林的最裡處，都在只有黑熊、山羌和雲豹行蹤，而不見人跡的原始叢林。

失蹤者竟都不是新進的生手，而是對森林山徑的走向有精細觀察的資深伐木工。他們對深山變化極大的寒熱晴雨，有敏銳感應；對脫困求生的技術，也有經驗累積；他們即便是「永遠失蹤」，基於強烈的團隊默契，也肯定會留下一線遺跡和

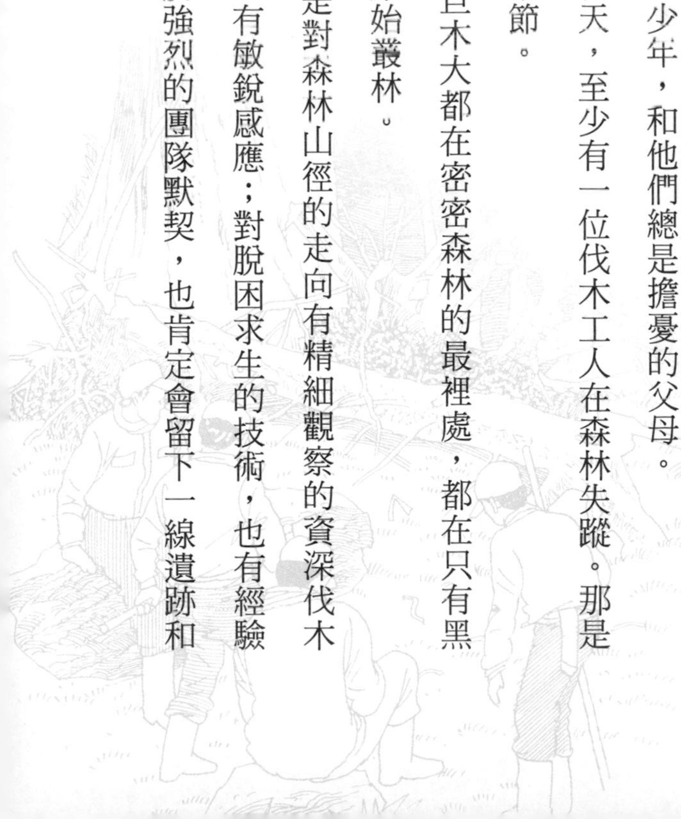

線索，讓肯定會入山搜尋的伙伴們去判別、去解答。

都沒有，他們竟一年一個人失去蹤影，彷彿在這時節被邀去參加某種傳續進行的祭典，或像一縷輕煙沒入空氣中消失了。

更怪異的是，這些一去無回的伐木工，是依照年資排班似的輪番失蹤；而且都消失在升上領班的第一年。

一支伐木團隊，總有一位最資深的伐木工，總不能少掉一位統籌伐木作業的領班，除非這支伐木團隊解散，或撤離阿里山。

當伐木成為謀生的工作，「解散團隊」表示的就是失業或另謀出路；於是一支支由嘉義男子組成的伐木團隊，只有撤離轉進宜蘭太平山。

仍有不信「山中怪異迭起」的伐木新組合，前來遞補。新組合的伐木工人，仍有最資深的伐木師父，仍有領班。

當一九三二年，青銅樹靈塔建造的前三年，有一批十七名伐木工，直到工期即將結束，仍平安無事。他們在慶幸某種惡運循環被解除；料想某種魔咒被勇敢的伐木工震懾而消失的同時，其實心中仍納悶：

他們集體進出深山老林的工作策略，外加每個人脖頸下掛一枚哨子的安全措施，果真讓隱藏在老林中的鬼魅精靈不敢作祟？他們提早在下午三點收工時感受的陰寒煞氣，果真被他們的一身火熱驅散了？領班每天在全員離開山口時，燃燒的銀紙和懸掛在各路口的符籙香袋，發揮辟邪作用了？

「不管它，平安是福，煩惱也沒用。咱是出外人，來深山林內劈樹砍材，也是為了妻兒，誰若有天良，就得多體諒！」這是伐木工在夜深的寮房飲酒取暖時，那領班說的。

大家深覺這句話說得入情入理，都表贊同；可他們不知，這是他們相聚談心，飲酒取暖的最後一夜。

就在第二天，十七名伐木工終於完成本年度雪季來臨前的伐木作業，又將集體

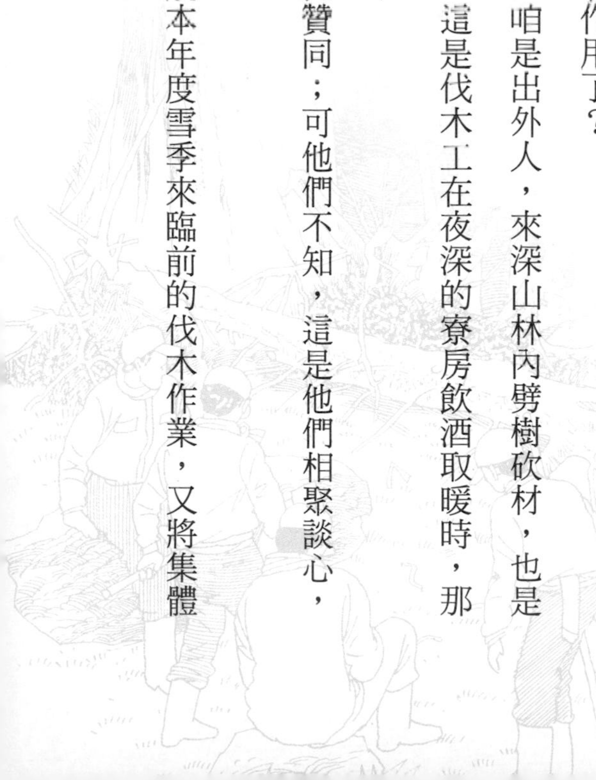

撤出深山老林；他們扛抬兩個人身長的鐵鋸、斧頭和彎刀，列隊返轉寮房。

這天的收工時間稍晚了兩刻鐘，山徑的綠霧青煙卻也未免來得太早、太濃了些。初時，他們看見兩股煙霧從左右峰巒掩埋過來，迅速而無聲，隨後他們才察覺還有一股烏雲在背後追趕，眼前又湧來一團白氣。

那領班說了：「靠攏！靠攏！哨子含好，不出聲，繼續走，不要停！」

真正讓十七名伐木工驚慌的，還不是這四股寒冷的煙霧雲氣，而是乍然湧冒在腳底崎嶇山徑的白煙，和旺茂草叢內的嗆人熱氣。

溫熱的氣息有動植物的腐朽味，這樣的氣味並不陌生，但從來不曾這麼濃重，濃得彷如地底一口爐灶將它們蒸騰起來。

奔逃的伐木工，他們合力抬舉的超長鐵鋸、彎刀和肩扛的斧頭，成了傷人的凶器，在每次碰撞和迴轉時，都會劈了人、割了人。人聲的哀嚎，讓那些無聲的煙霧雲氣愈發怪異。

資深伐木工的領班，帶頭吹響了哨子！

十七枚哨子的尖銳聲響，就這麼「嗶——嗶——嗶——」的響徹山林。領班彎腰疾走，帶著伐木伙伴突圍。他一路喊叫：「跟緊！跟緊！嗶——嗶——嗶——免驚！免驚！嗶嗶——嗶——」。

阿里山衛生所的老醫師，最早趕來伐木工寮急救。他跟隨通報噩訊的伙房阿嫂衝進寮房，被大通鋪上的景象嚇壞了！他從醫三十年，從沒見過這樣的集體症狀：十七名伐木工全身僵直，橫斜的、仰躺的、俯臥的竟像十七根樹木給隨意放置在通鋪上。伐木工急速的喘息，夾著陣陣呻吟。

衛生所老醫師吩咐伙房阿嫂去派出所報案，並要求通報嘉義市的陳醫師趕上山來支援。那位陳醫師是他的老同學，電話中向他敘述症狀，他便知帶什麼針藥來醫

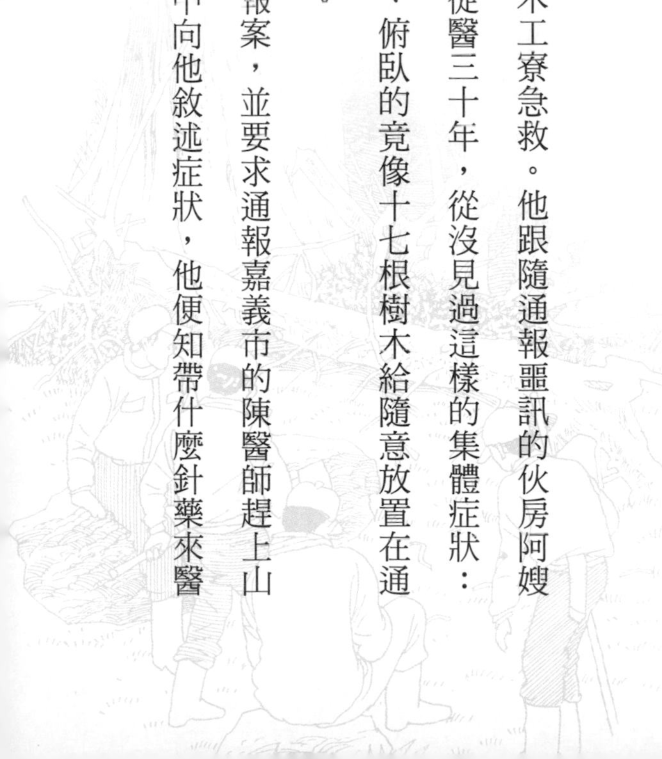

療。

全身僵直如樹木的伐木工們，喃喃呻吟。倉皇的老醫師，一個個拍撫他們，問說：「哪裡艱苦？」伐木工原本勇壯的身體，從腳底逐步往上轉涼，心窩還熱著，脈搏卻漸漸微弱。

老醫師傾聽他們的呻吟，一聽再聽，居然聽出兩句不斷反覆的話：「跟緊啦——」、「免驚啦——」當老醫師聽清了這兩句話，感覺竟像有誰在屋頂帶領著他們，他們只是複誦或回應。老醫生起一身雞皮疙瘩，踉蹌退回寮房門口。

第二天，嘉義市的陳醫師趕搭最早班的運材小火車，來到山上時間已近中午。他配備齊全的醫療皮箱，還沒派上用場，他只趕上了那位資深伐木工的領班斷氣前，異常清晰的描述。

一夜未曾闔眼的老醫師，眼看一個個勇壯的伐木工不再呻吟，眼看一具具急速冰冷的身體，他想不透「跟緊啦——」、「免驚啦——」這兩句話的前因和交代的對象。

資深伐木工的領班斷氣前神智清明的表白，終於讓他了解了，卻也讓他決定退休。

青銅打造的樹靈塔，在一九三五年完工。

對於「山中怪異迭起」想到無從想的人，只能設想所有在山林中受難的人，是被樹靈攫走了魂魄，敗壞了身體，他們終究也成了樹靈。

這座青銅碑塔供奉的樹靈，不僅是千百年前林木被砍伐傾倒後流離的靈氣魂魄，也包含了那些令人掛念的人。

樹靈塔周旁，簡約記載的那一方烏心石木橫匾，不見祭台和香爐，分明是座孤立的紀念碑。

青銅碑塔紀念什麼？

紀念樹靈曾施展的魔力？

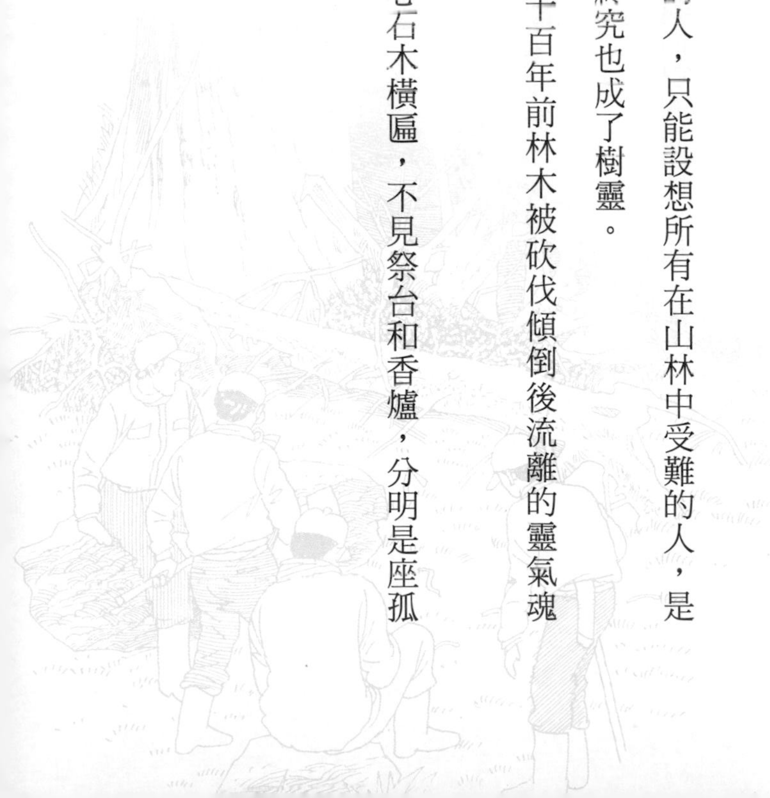

紀念在阿里山森林受難人的悲慘？

紀念不幸家屬和有幸山民的共同經驗？

紀念這裡曾有的大量砍伐、不畏險惡的工作？

沉重的青銅碑塔是為驅魔鎮煞？

樹靈塔落成後的至少三十年，阿里山森林的砍伐仍舊大規模進行。人們對自然萬物的敬畏之心，都在征服不成後才會醒覺？

環繞樹靈塔的二代木樹基，是一顆黑褐色的樹種，讓山風吹來；讓五色鳥啣來，或就藏在山羌圓黑的排遺中，附著在參差木柱隙縫，逐日成長，及至茁壯成與樹基不同種的二代木，環繞在樹靈塔周旁。

「靠山吃山」的人們伐木營生，供應成材讓人造屋、製家具、鋪鐵軌枕木……必有一套供需正常的流程。這裡的正常流程，得包含相對於伐木的造林；包含相對於濫採的節制；包含相對於連根拔除的水土保持；以及相對於鎮煞的感念。

一棵百年樹木，在今世的多數人還沒出生，它已聳立山中，更別提那些插天的千年神木，它曾經過多少風雲歲月。但這又怎麼樣？

是的，這樣的崇敬疼惜之心仍讓人覺得不現實，覺得多情且抽象。

那麼就說山林有蓄涵水源的功能，山林是多少溪流的源頭，失去林木披覆和根莖依護的山巒，水土將如何崩塌流失，人的身家性命將如何受破壞毀損。

這夠具體現實嗎？

多數的人們仍覺得這是個推理或是假設，都覺得距離那可能發生的後果，時間還很漫長；地點還太遙遠。

樹靈塔隱含的鎮煞驅魔也罷，安靈紀念也罷，或形式撫慰也罷，似乎都是人的意念。

然而，樹呢？

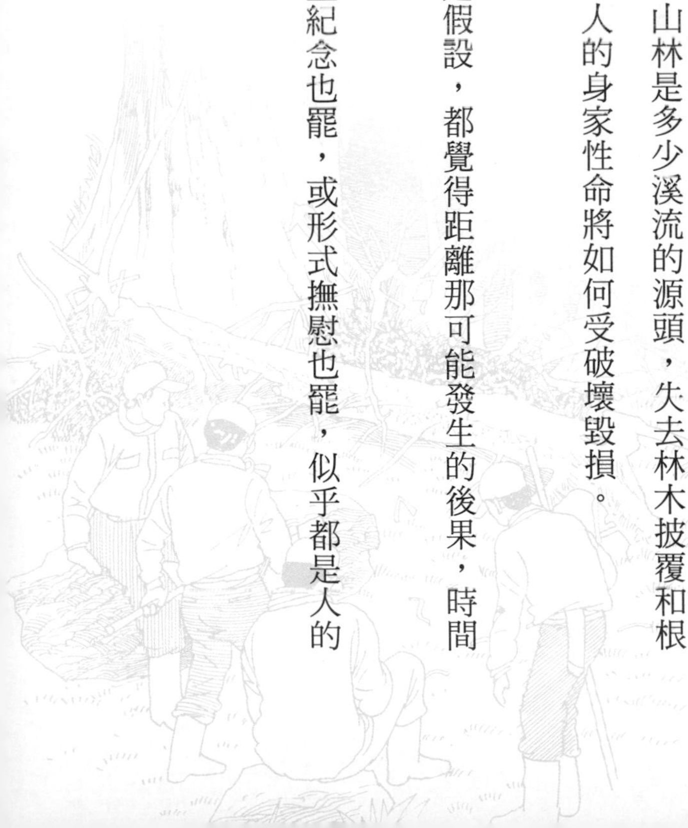

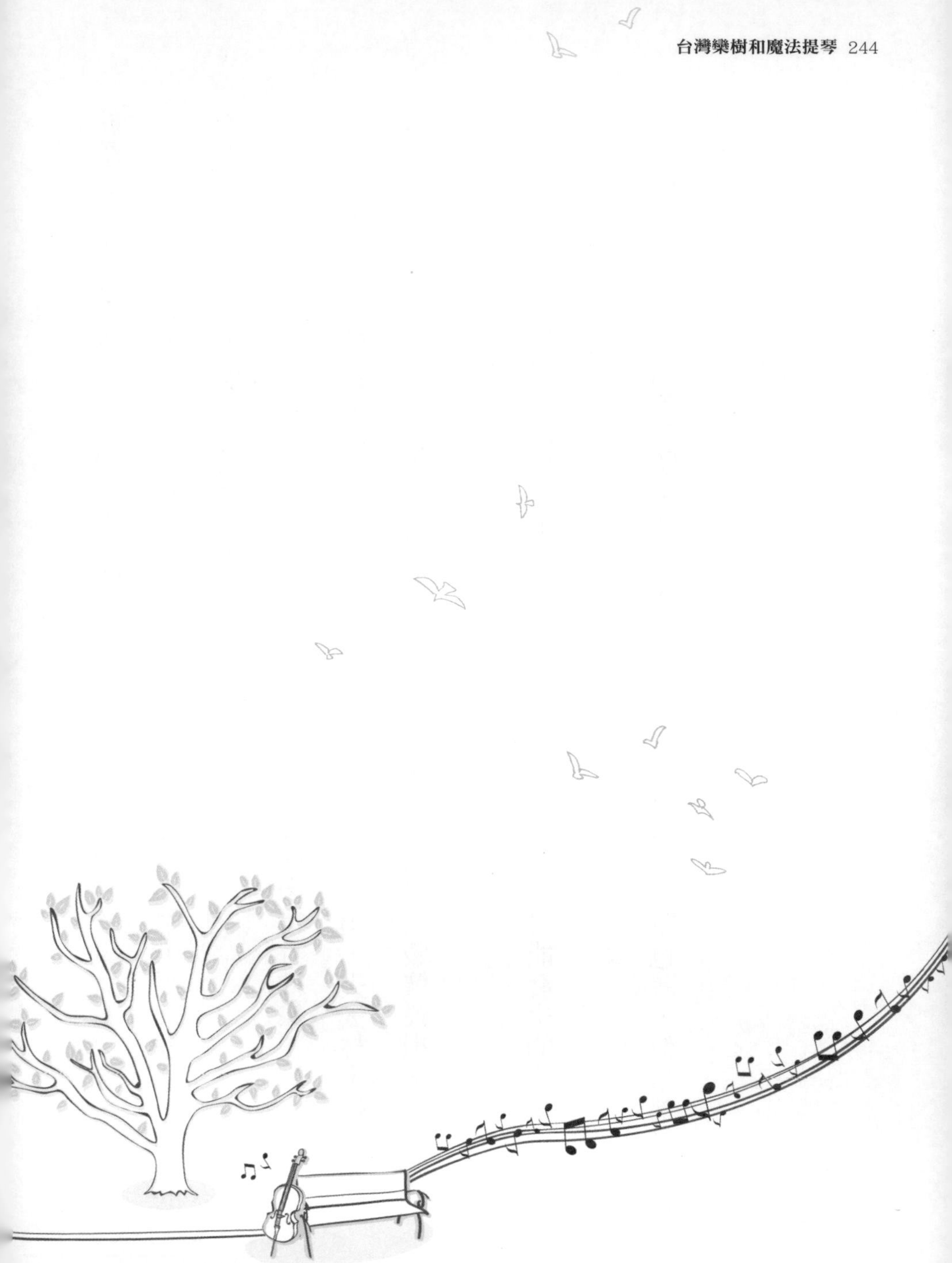

人與樹的對話

撰文・攝影／祝建太

相思樹 Acacia Confusa Merr

在山區、公園常看到你們高大、濃綠，樹幹有些扭曲的身影，你們有個很浪漫的名字「台灣相思」，令人覺得雙雙散步在你們樹蔭下，特別有氣氛。初夏當黃色鮮明的小茸花盛放，一串串密密夾在長形的假葉中，這時才感受到你們明亮、誠摯的熱情。

相思樹 小檔案

- 豆科
- 常綠喬木，別名：台灣相思、相思仔、香絲樹。
- 原產於台灣南部、中國南方及東南亞一帶。
- 幼樹可以見到它真正的葉（二回羽狀複葉），長大後，代之的是鐮刀狀的假葉。春至夏季開花，圓頭狀花序金黃色。莢果深褐色。相思樹的樹幹非常堅硬，可作為薪炭材，稱為相思炭。木材可製火車路軌的枕木、家具。能耐風抗旱，適應貧瘠地，保護水土的良好樹種。

台灣欒樹 Koelreuteria Formosana

一排排站在公園裡，到了初秋我就開始留意、等待你們綠意的枝頭，綻放燦爛耀眼如黃金的花朵，一簇簇集結在枝椏，心頭也跟著亮了起來。不久，你們又長出像是小燈籠紅褐色的蒴果，另一片喜氣洋洋的風景，接著漸漸乾枯轉為暗褐色，凋落。你們真是季節裡色彩的魔術師。

台灣欒樹 小檔案

・無患子科
・落葉喬木，別名：台灣欒華、金苦楝、苦楝公、苦苓舅。
・台灣特有種，產於低海拔向陽的闊葉林內。
・樹皮褐色，因為羽狀複葉形狀很像苦楝，故有「苦楝舅」之稱。二回羽狀複葉、小葉對生及互生，葉呈長卵形；花黃色，聚生樹頂呈圓錐花序。蒴果由三瓣片所合成，最初粉紅色而後轉為紅色，成熟時變為褐色。種子黑漆渾圓，可製成佛珠。為園景樹、行道樹。

木油桐

Aleurites Montana Lour

不管是他們稱你們「四月雪」或「五月雪」，在這個月份裡，中北部山區白色桐花開遍枝椏，遙遙遠望如白雪皚皚。漫步山中步道，桐花飄落，落在髮上、肩頭、滿地，掬起一把桐花，編織花冠，排成各種圖案；花多就是美，這時候我們都天真活潑起來。

木油桐 小檔案

- 大戟科
- 落葉喬木，別名：皺桐、千年桐、五月雪。
- 原產於中國大陸。
- 株高可達八至十公尺，單葉互生，闊心形，全緣或三至五掌裂。花為雌雄同株，花期在每年的三到五月，開花時，一叢叢雪白色布滿枝端。果實黑褐色，具三個稜，表面布滿皺紋。常見於中北部低海拔山區，為良好園景樹及行道樹種。種子可榨取工業用油，木材可做家具。

鳳凰木 Delonix Regia

少女時代，我每年都要呼喚一次你的名字，「又是鳳凰花開的季節，唱驪歌道別離的時刻……」，不管是在校生或畢業生，我們的作文感言，都是這樣開頭；因為像火焰燃燒成一片的嫣紅花朵，真是令人觸目驚豔啊。

鳳凰木 小檔案

・蘇木科

・落葉型高大喬木，別名：火樹、紅花楹樹。

・原產於馬達加斯加島，現已普及全球熱帶地區。

・樹幹灰白且平滑，葉為二回偶數羽狀複葉，互生，看來似美麗的大羽毛圖案。花瓣五片，焰紅色帶黃暈，每年畢業時節的六月間，花開滿樹冠。莢果長扁平呈鐮刀狀。除了當行道樹及觀賞外，樹皮及花可藥用。

茄苳 Bischofia Javanica

鄉村小路、土地公廟、公園、馬路邊，隨處可見你們的身影，壯碩的樹幹，枝葉濃密的綠蔭，帶來陣陣清涼；阿公們喜歡在樹下聊天，休憩，小朋友在你周圍玩耍、捉迷藏，你是我們親切的好鄰居。

茄苳 小檔案

- 大戟科
- 常綠大喬木，別名：重陽木。
- 廣布於東南亞地區，生長在中低海拔平地山區。
- 葉互生，為三出複葉。花是圓錐花序，花色黃綠，雌雄異株。漿果球形，熟果深褐色。生性強健，抗風、耐旱，極適合做行道樹。果實可誘鳥。茄苳樹的木材質地細緻堅硬，是製作家具的優良建材。

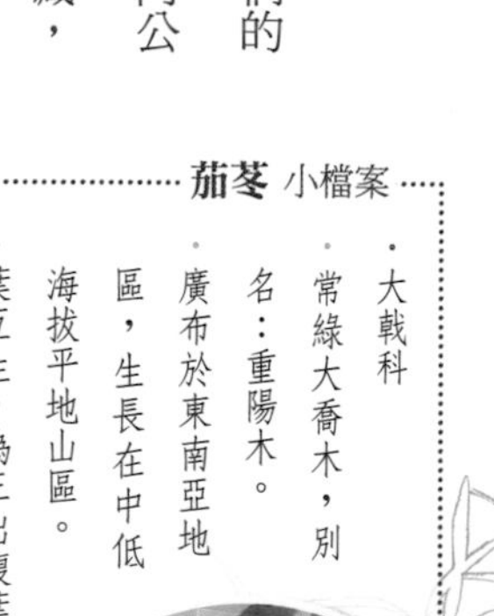

木麻黃 Casuarina Equisetifolia Linn

海濱常常看到你們群聚的身影，耐風、耐鹽、耐旱，像盡職的士兵悍衛海邊。露營時，我們游泳後回到陰涼的樹下休憩，你們像針葉的細軟枝條上有節，我們會好奇拔開，或撿拾、收集沙地上橢圓形的小毬果，回家放在案頭上，日後總會憶起海的浪濤聲與露營種種趣事。

木麻黃 小檔案

- 木麻黃科
- 常綠大喬木。別名：木賊葉木麻黃、番麻黃。
- 原產於澳洲、南洋一帶
- 樹皮灰褐色，有不規則縱裂，常呈條片狀剝落。灰綠色小枝細軟，頗似針葉，多節，四至六月開花，雌雄同株或異株；果實集生成小毬果，橢圓形，苞片木質化。因抗風、抗旱、抗鹽，是濱海防風固林的常見樹種之一。

南洋杉

Araucaria Heterophylla

沒有人比我更親近你們了。剛搬入舊居不久，我就去苗圃帶你們三棵小樹回家，種在院子裡。很快地你們長大，樹幹漸粗，枝葉一層層，永遠是那麼翠綠，沒有什麼落葉殘枝，像是健康好養的少年。種樹可以邀鳥，清晨常在鳥的叫聲中醒來；感謝你們陪伴孩子長大，帶來綠色的美好時光。

南洋杉 小檔案

・南洋杉科

・常綠針葉喬木，樹幹通直，高可達三十公尺；又稱作小葉南洋杉。

・原產澳洲。

・樹冠自然成圓錐塔形，樹形優美，為世界著名的園景樹。它的主幹通直，樹皮粗糙黑褐色，側枝輪生，成水平開展或略呈下垂狀。葉短針形，質硬但並不刺手。雌雄異株，毬果圓形，先端有刺。全株均有臘質保護，對潮風及鹽分的抵抗力極強，適植為海岸觀景樹。

大葉山欖

Palaquium Formosanum Hayata

海濱、公園、路邊常常看到你們的身影，濃密、墨綠、厚實的長橢圓形葉，堅韌的樹幹迎風挺立。百年前，馬偕牧師到宜蘭傳教，設聚會所，栽種你們；在噶瑪蘭人曾群居五結鄉冬山河沿岸的流流社，有你們一棵約兩百年珍貴的老樹矗立，那是噶瑪蘭人尋根的明顯地標；也是噶瑪蘭族的精神標誌。

大葉山欖 小檔案

- 山欖科
- 常綠喬木，別名：台灣膠木或驫古公樹。
- 原產台灣、蘭嶼及菲律賓。
- 葉互生，厚革質，長卵形或長橢圓形，叢生於枝端，葉表濃綠。抗風耐瘠，適濱海地區種植，可做防風樹或行道樹。種子紡錘形，樹皮可作染料。果實像橄欖狀，可以食用。大葉山欖高大、枝葉扶疏、特性堅韌且不長蟲蟻，被當作噶瑪蘭族的精神標誌。

山櫻花 Prunus Campanulata Maxim

在充滿寒氣的初春賞櫻是最雅興的，花朵綻放的花訊，藉著風的傳播，在人耳畔私語；賞櫻是日本的全民運動，氣象廳預報各地開花時間為「櫻前線」，提醒忙碌的人不要錯過花期。你的花朵雖小，但可愛豔紅，果實山櫻桃可以食用，成熟時不妨試嘗那苦中帶甘的滋味。

山櫻花 小檔案

・薔薇科
・落葉喬木，別名：緋寒櫻或山櫻桃。
・原產於台灣、中國華南、日本及琉球。
・樹皮老化呈片狀剝落，因為花色緋紅，又在早春的寒氣中開放，又名「緋寒櫻」。葉互生，長卵形，鋸齒緣。花萼鐘狀漏斗形，三至五朵簇生，下垂開放。每年一至四月開花，開花期不長葉子，多為單瓣。核果紅熟可食用，花姿優美，可供庭栽觀賞及行道樹。

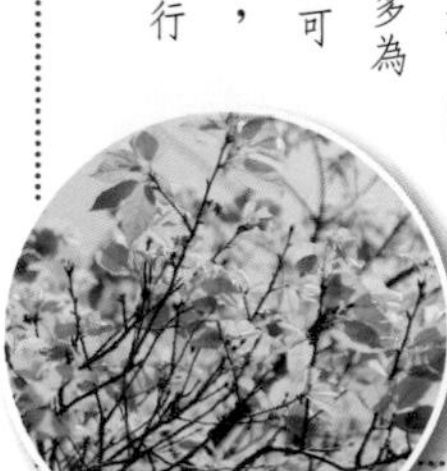

大王椰子 Roystonea Regia

雖然有大王的挺拔、氣派、威儀，卻常如標兵、侍衛站成一行列，保護著主人、賓客。樹頂綠色的羽葉像揮舞的旗幟，看到你們直立不移的側影，忠心的好伙伴非你莫屬。

大王椰子 小檔案

・棕櫚科
・常綠大喬木，別名：文筆樹，假檳榔。
・原產於古巴、牙買加、巴拿馬。
・單幹，高可達三十公尺，高聳挺直，幹之環紋圈圈明顯，幹灰白平滑。樹幹中央部分稍肥大，膨大部分是含水多的地方，乃為適應旱地生活所致。葉為羽狀複葉，叢生莖頂，花為白色，雌雄同株；果為核果，卵圓形，大小如同檳榔。站在其下要小心，以防巨大的羽狀複葉凋落。常見於行道樹或校園。

雀榕 Ficus Superba Var Japonica

看到樹幹、枝條上密布綠色或淺紅有白點的果實，豐盛得令人驚訝；四季裡你們像是有默契，輪替生長果實，讓鳥朋友食物不虞匱乏。麻雀、白頭翁、綠繡眼常在樹頂吱喳叫，享受甜美果實，真是慷慨的鳥榕。

雀榕 小檔案

- 桑科
- 落葉大喬木，別名：鳥榕、赤榕、山榕。
- 台灣低海拔區域的原生植物，屬於典型的熱帶與亞熱帶樹木。
- 葉單生、互生，長橢圓形。一年常落葉兩次，春季淡黃色的芽鱗在新葉萌發後脫落，常誤以為是花瓣。球形或扁球形的隱花果肉，是鳥類愛吃的食物，其種子便隨著鳥的糞便散布各地，故被稱鳥屎榕或鳥榕。為極佳的誘鳥樹。

楓香 Liquidambar Formosana Hance

站在樹下，看到你掌狀三裂葉片，就開始跟朋友討論葉子三裂、五裂，是青楓或楓香？你的外形像楓樹，樹脂有香味，葉序是互生，果實是球狀蒴果；而青楓的葉序是對生，果實是人形翅果，有翅膀會飛，這樣能分辨了嗎？但秋季在山上撿拾到漂亮的紅葉，還是會把它夾在書頁，作為一次旅行的紀念。

楓香 小檔案

・金縷梅科
・落葉大喬木，別名：楓仔樹、台灣香膠。
・原產地台灣、中國大陸。
・其樹皮有粗糙的縱溝。單葉互生，呈掌狀三裂。秋冬時生長在平地的楓香葉僅會轉黃，生長在中海拔區的楓香葉會轉成一片豔紅。刺球狀蒴果，有別於槭樹之對生葉及翅形果。除了當行道樹外，還常被利用為種香菇的段木。樹脂有香氣，可用來調配香料，稱為「白膠香」。

落羽松

Taxodium Distichum

春天嫩綠的枝葉，夏天蓊鬱濃綠，秋冬樹葉漸漸轉黃變赭紅，像羽毛一樣輕輕凋落，剛健的枝椏挺立，等待另一個新春的綠芽探出頭。你的呼吸根，他們叫「膝根」，像是頑皮、叛逆的孩子，硬要鑽出地面，高高低低，一顆顆成柱狀。和孩子散步在你們的群落中，像是走入童話世界。

落羽松 小檔案

- 杉科
- 落葉大喬木。別名：落羽杉、美國水松。
- 原產於北美洲溼地沼澤區。
- 落羽松樹高可達四十公尺，樹幹直徑可超過二至三公尺，主幹基部會有板根隆起。落羽松的原生地為沼澤、溼地，為了不讓根部缺氧窒息，樹周圍形成「膝根」以幫助呼吸。小葉呈羽狀排列互生，花雌雄同株，果實圓球或卵球形。冬季葉片會轉成橙褐色。可作建築、家具等用材或觀賞植物。

木棉 Bombax Ceiba

「紅紅的花開滿了木棉道，長長的街好像在燃燒……」你們直挺的樹幹上有瘤刺，平出枝椏上橙紅厚實的花朵，在三、四月熱情盛放，不見綠葉，因為這種浪漫、陽剛充滿生命力的感覺，所以被稱為英雄樹嗎？

木棉 小檔案

- 木棉科
- 落葉大喬木，別名：攀枝花、紅棉樹、英雄樹。
- 原產於印度。
- 幹直立，樹皮有瘤刺，側枝輪生，平出。掌狀複葉，葉互生。先花後葉，開花時全株無葉，花色橙紅、橙黃，厚肉質，花瓣五片。橢圓形蒴果內具絲狀棉毛，內有種子多數，果實成熟後裂開。棉毛適合做枕頭、坐墊等填充材料；木棉籽可以榨油製造肥皂。現在常用於園景、行道樹。

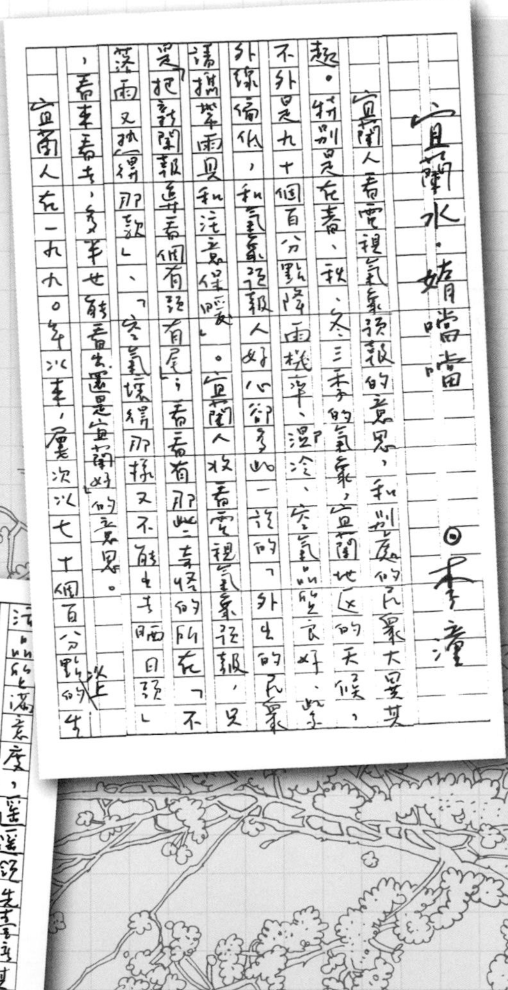

宜蘭水噹噹

◎李潼

宜蘭人看電視氣象預報的意思，和別處的民眾大異其趣。特別是在春、秋、冬三季的氣象，宜蘭地區的天候，不外是九十個百分點降雨機率、溼冷、空氣品質良好、紫外線偏低，和氣象預報人好心卻多此一說的「外出的民眾請攜帶雨具和注意保暖」。宜蘭人收看電視氣象預報，只是把新聞報導看個有頭有尾，看看有那些奇怪的所在「不落雨又熱得那款」、「空氣壞得那樣又不能去曬日頭」，看來看去，多半也能看出還是宜蘭好的意思。

宜蘭人在一九九○年以來，屢次以七十個百分點以上的生

活品質滿意度，遙遙領先台灣其他地區民眾的自我評價；宜蘭人這麼不低的自我滿足感，當然也包含了對陰溼多雨天候的偏愛。

位處台灣東北角的蘭陽平原，因三面環山、一面向海；有鋸齒插天的雪山山脈和中央山脈屏障，以三角洲地形面向浩瀚太平洋，水氣飽滿的海風和溼濡的山風明明在平原半空交會、徘徊，因此有得天獨厚的落雨日。習以為常的宜蘭人，評斷天候的好壞，向來不把下雨天喚作「壞天」，不把放晴日叫做「好天」。晴雨本無好壞，只要它們不鬧乾旱或做水災，就敢斷然判定它們優劣善惡。

國家圖書館出版品預行編目資料

台灣欒樹和魔法提琴 / 李潼作 ； 施凱文繪. -
二版. -- 臺北市 : 幼獅, 2014.01
面 ； 公分. --（散文館 ; 8）
ISBN 978-957-574-939-2（平裝）

859.7　　102023641

・散文館 008・

台灣欒樹和魔法提琴（原書名《樹靈塔》）

作　　者=李　潼
繪　　者=施凱文
照片拍攝=祝建太
出 版 者=幼獅文化事業股份有限公司
發 行 人=李鍾桂
總 經 理=王華金
總 編 輯=劉淑華
副總編輯=林碧琪
主　　編=林泊瑜
編　　輯=黃淨閔
總 公 司=10045 台北市重慶南路 1 段 66-1 號 3 樓
電　　話=(02)2311-2832
傳　　真=(02)2311-5368
郵政劃撥=00033368

印　　刷=祥新印刷股份有限公司
定　　價=280 元
港　　幣=93 元
二　　版=2014.01
三　　刷=2017.08
書　　號=986262

幼獅樂讀網
http://www.youth.com.tw
e-mail：customer@youth.com.tw
幼獅購物網
http://shopping.youth.com.tw

行政院新聞局核准登記證局版台業字第 0143 號

※本書榮獲財團法人國家文化藝術基金會八十八年度第四期文學創作補助
原書名《樹靈塔》於 2000 年由幼獅公司出版

幼獅文化公司／讀者服務卡／

感謝您購買幼獅公司出版的好書！

為提升服務品質與出版更優質的圖書，敬請撥冗填寫後（免貼郵票）擲寄本公司，或傳真（傳真電話02-23115368），我們將參考您的意見、分享您的觀點，出版更多的好書。並不定期提供您相關書訊、活動、特惠專案等。謝謝！

基本資料

姓名：……………………先生／小姐

婚姻狀況：□已婚 □未婚　職業：□學生 □公教 □上班族 □家管 □其他

出生：民國……………年……………月……………日

電話：（公）……………（宅）……………（手機）……………

e-mail：……………

聯絡地址：……………

1.您所購買的書名：**台灣欒樹和魔法提琴**

2.您通常以何種方式購書?：□1.書店買書 □2.網路購書 □3.傳真訂購 □4.郵局劃撥
（可複選）□5.幼獅門市 □6.團體訂購 □7.其他

3.您是否曾買過幼獅其他出版品：□是，□1.圖書 □2.幼獅文藝 □3.幼獅少年
□否

4.您從何處得知本書訊息：□1.師長介紹 □2.朋友介紹 □3.幼獅少年雜誌
（可複選）□4.幼獅文藝雜誌 □5.報章雜誌書評介紹……………報
□6.DM傳單、海報 □7.書店 □8.廣播(　　　　)
□9.電子報、edm □10.其他……………

5.您喜歡本書的原因：□1.作者 □2.書名 □3.內容 □4.封面設計 □5.其他

6.您不喜歡本書的原因：□1.作者 □2.書名 □3.內容 □4.封面設計 □5.其他

7.您希望得知的出版訊息：□1.青少年讀物 □2.兒童讀物 □3.親子叢書
□4.教師充電系列 □5.其他

8.您覺得本書的價格：□1.偏高 □2.合理 □3.偏低

9.讀完本書後您覺得：□1.很有收穫 □2.有收穫 □3.收穫不多 □4.沒收穫

10.敬請推薦親友，共同加入我們的閱讀計畫，我們將適時寄送相關書訊，以豐富書香與心靈的空間：

(1)姓名……………e-mail……………電話……………

(2)姓名……………e-mail……………電話……………

(3)姓名……………e-mail……………電話……………

11.您對本書或本公司的建議：

廣　告　回　信
台北郵局登記證
台北廣字第942號

請直接投郵　免貼郵票

10045　台北市重慶南路一段66-1號3樓

幼獅文化事業股份有限公司

請沿虛線對折寄回

客服專線：02-23112832分機208　傳真：02-23115368

e-mail：customer@youth.com.tw

幼獅樂讀網http：//www.youth.com.tw